LA PETITE BROCANTE
DES MOTS

Thierry Leguay

LA PETITE BROCANTE DES MOTS

Bizarreries, curiosités et autres
enchantements du français

Points

Une première édition de cet ouvrage est parue sous le titre
Les poules du couvent couvent. Les curiosités du français,
aux éditions Mots et Cie, en 1999. Cette édition a été revue
et très largement augmentée pour sa nouvelle publication en Points.

L'auteur remercie Laurent Raval pour son accompagnement
dans l'écriture de la première version de cet ouvrage.

ISBN 978-2-7578-1878-7

© Éditions Points, juin 2010, pour la présente édition revue et augmentée

Le Code de la propriété intellectuelle interdit les copies ou reproductions destinées à une utilisation collective. Toute représentation ou reproduction intégrale ou partielle faite par quelque procédé que ce soit, sans le consentement de l'auteur ou de ses ayants cause, est illicite et constitue une contrefaçon sanctionnée par les articles L. 335-2 et suivants du Code de la propriété intellectuelle.

LE GOÛT DES MOTS

UNE COLLECTION DIRIGÉE PAR PHILIPPE DELERM

Les mots nous intimident. Ils sont là, mais semblent dépasser nos pensées, nos émotions, nos sensations. Souvent, nous disons : « Je ne trouve pas les mots. » Pourtant, les mots ne seraient rien sans nous. Ils sont déçus de rencontrer notre respect, quand ils voudraient notre amitié. Pour les apprivoiser, il faut les soupeser, les regarder, apprendre leurs histoires, et puis jouer avec eux, sourire avec eux. Les approcher pour mieux les savourer, les saluer, et toujours un peu en retrait se dire je l'ai sur le bout de la langue – le goût du mot qui ne me manque déjà plus.

Ph. D.

à Pierre et François

Voulez-vous, MY LADY, *que vos enfants trouvent du plaisir dans l'étude de la langue françoise ?*

Abbé de Lévizac, 1809

Les charmes du français

Notre langue, réputée difficile à apprendre, fait régulièrement l'objet de débats souvent passionnés.

Certains voudraient la voir transformée de fond en comble (dans son orthographe en particulier), quand d'autres souhaiteraient qu'elle reste (restât, pour être puriste !) figée à l'époque d'une imaginaire « perfection »…

Loin de ces attitudes excessives, j'avouerai, simplement, que je l'aime telle qu'elle est, jusque dans les erreurs, et les errements, que l'on peut faire avec elle.

Alors, ne soyons pas comme l'abbé Dangeau qui, au dire de Voltaire, « renvoyait les lettres de ses maîtresses quand elles étaient mal orthographiées et rompait avec elles à la troisième fois ».

Non, je préfère, à la même époque, Rivarol, quand il répondait à un éditeur qui le pressait d'écrire une grammaire dont il différait sans cesse la rédaction : « Je suis comme un amant obligé de disséquer sa maîtresse. »

Oui, la langue française est ma seconde femme, mon autre « éternelle bien-aimée » (selon les mots de Kafka). Celle dont les « défauts » font les charmes mêmes, dans ses ambiguïtés, ses étrangetés, sa diversité, sa musicalité.

Ambiguïtés, avec l'homophonie (*Il peint des pins sur des pains*), l'homographie (*Les poules du couvent couvent*), la polysémie (*Ton avocat est pourri*), ou des modes verbaux difficilement employables (*J'aimerais que vous le sussiez*).

Diversité, quand c'est une autre langue française que nous entendons, par exemple en Wallonie ou dans le Sud de la France (*ablasigué, il barjique…*), ou nombre de mots oubliés (*je beline, tu biscottes…*) et de sens métamorphosés (*une fille mièvre*).

Étrangetés, avec les mots désignant les cris d'animaux (la souris *chicote*), ceux qui n'existent plus que soudés à d'autres (*à la queue leu leu*), des pluriels bizarres (*le travail, les travails*), les noms d'habitants de certaines communes (à Baccarat, les *Bachamois*), ou le célèbre nom de famille de Broglie, qui se prononce « de Breuil ».

Musicalité, quand on entend des mots comme *abracadabra, hurluberlu, tintinnabuler…* ou lorsqu'on s'arrête sur des mots comme *glaire* et *glu*.

Loin d'être des défauts, toutes ces subtilités font les charmes de notre langue. Réapprenons, sans cesse, à l'aimer, en jouant avec elle.

« Les mots, enfin, font l'amour », disait André Breton. Alors, « faisons » notre langue, comme on dit, simplement, qu'on fait l'amour.

Ablasigué, il barjique en bouziguant

En 1790, l'abbé Grégoire est chargé, par l'Assemblée constituante, de mener une enquête sur les patois. Enquête qui a pour but de les faire disparaître au profit du français officiel ; en un mot, celui du Pouvoir. À cette époque, celui-ci n'est parlé que par un Français sur dix.

Cette unification de la langue française, au cours du XIXe siècle, a signé l'extinction plus ou moins radicale des dialectes. Que de richesses pourtant dans les parlers de nos campagnes !

Arrêtons-nous au seul exemple du Midi, à travers quelques mots de la région nîmoise, qui fleurent bon le soleil et les aromates !

ABLASIGUÉ : fatigué

ACAMPÉGER : poursuivre

AGANTER : attraper

S'AMALUGUER : se cogner

ARCANETTES (avoir les) : avoir le sang qui monte à la tête

BABALOULE n.f. : commère

BARJIQUER : dire n'importe quoi

BARJOLER : cajoler un enfant

BAROULER : ne pas tenir en place

BASSÉGER : ennuyer

BÉDIGUAS n.m. : niais

BESSÉGUER : manger de petites quantités

BOUFIGNOLLE n.f. : cloque due à une brûlure

BOUZIGUER : tripoter un objet sans but précis

BUGNER : heurter

CABOURDE n.f. : femme folle

CAGADOU n.m. : cabinet campagnard

CAMBALASSES (avoir les) : avoir les jambes fatiguées

CASCAILLER : parler bruyamment en même temps

CIGOUGNER : agacer avec des attitudes ou des paroles stupides

CRÉSARETTE n.f. : personne crédule

SE DÉMARMAILLER : se débrouiller seul

DOURDE n.f. : coup

DOURDEMOUTE n.m. : individu renfrogné

EMMASQUER (quelqu'un) : lui porter la poisse

ENGIBANÉ : mal vêtu

S'ESCAGASSER : se blesser

ESCAMPILLÉ : répandu çà et là

ESCOULE-BURETTE n.m. : gros buveur

ESCRANQUÉ : fatigué

ESPALANQUÉ : épanoui dans toute sa beauté

ESPATAROUFLER : épater

ESPINOUFLER : regarder avec curiosité

ESTAMBOURDI : abasourdi

FRESCADETTE adj. : qui a le teint frais

FROTADOU n.m. : homme très attiré par les femmes

IBROUGNOU n.m. : ivrogne

JINGOULER : gémir

MOULIGAS n.m. : chose ou personne molle

NIFLÉGER : fouiner de manière indiscrète

PATARAS n.m. : individu sale ou immoral

PÉGUOUS (-OUSE) n.f. et m. : personne dont on ne peut se défaire

PÉTRONILLE n.f. : petite fille amusante

PINTOURLER : boire avec excès

QUILLER : placer en hauteur

RABALINQUES n.m.pl. : choses inutiles

RATIGAS n.m. : mauvaise habitude, manie

RÉBALADIS n.m. : objet sans valeur

ROUMÉGUER : râler à tout propos

ROUPALATTI n.m. : casse-pieds

SABRAQUE n.m. : personne qui travaille sans soin

SIGOUGNER : agacer

TCHICHOUILLER : manger sans grande faim

TROUGNER, faire la TROUGNE : bouder

VIROULEGER : tourner en tous sens, se déplacer sans but précis.

Et si vous voulez savoir ce que signifie :

acantouner
les badiboffis
avoir les boufigues
une bramarelle
la bricancoulle
des cacalas
cascailler
distinbourle…

rendez-vous page 163.

Abracadabra

En 1972, Georges Perec, réputé pour sa virtuosité langagière, avec ses palindromes et ses mots croisés, publie *Les Revenentes*, un roman où la seule voyelle utilisée est le *e*. C'est le « négatif », en quelque sorte, d'un de ses textes les plus célèbres : *La Disparition* (en 1969), où il s'était interdit d'employer cette même lettre. Activité qu'on nomme le lipogramme, et qui remonte à l'Antiquité.

En fait, excepté la lettre *e* (que l'on retrouve par exemple quatre fois dans *éphémère* ou *réverbère*, et six fois dans *dégénérescence* !), peu de voyelles en français se trouvent au moins trois fois dans le même mot.

Et la difficulté serait encore plus grande, voire insurmontable, d'écrire un texte ne comportant que des mots avec un *a* ou un *i*.

Voici les mots contenant au moins trois *a* :

ABACA (matière textile des Philippines)

ABRACADABRA (avec cinq *a*, mot magique !)

ALABAMA

ALCARAZAS (vase de terre poreuse)

ALCAZAR

APPARAT

ARMADA

ARMAGNAC

AVATAR

BACCARA

BARAKA

CANADA

CARNAVAL

FALBALA

FLAGADA (du latin *flaccus*, flasque)

HAMADA (plateau rocheux dans les déserts sahariens)

MACADAM

MAHARAJA (ou MAHARAJAH, MAHARADJAH, MAHARADJA)

MALABAR

MARSALA

NAVAJA (couteau espagnol)

PANAMA

PATATA (rarement sans patati !)

PATATRAS !

RAPLAPLA

TANAGRA (statuette grecque)

TANGARA (oiseau d'Amérique du Sud)

TARATATA !

TRAFALGAR

TRALALA !

Nous laisserons au lecteur le soin de trouver :
7 mots ne contenant que des *i* (au moins trois)
3 mots ne contenant que des *o*
2 mots ne contenant que des *u*...

Réponses page 163.

À force de baiser...

« À force de baiser, vous m'en feriez envie. » Cet alexandrin de Pierre Corneille fait nécessairement sourire aujourd'hui. Mais, quand les spectateurs du XVIIe siècle l'entendaient, ils n'y voyaient pas malice ; *baiser*, en effet, ne signifiait pas autre chose qu'*embrasser*...

Divers mots s'avèrent ainsi d'un emploi délicat, lorsqu'une signification sexuelle – familière ou argotique – vient se superposer à leur sens ordinaire ou ancien.

FAIRE L'AMOUR (courtiser)

Et vous ferez l'amour en présence du père.
Racine

Est-ce que vous croyez qu'on puisse faire l'amour sans proférer une parole ?
Voltaire

AVALER (croire)

C'est à vous de l'y résoudre et de lui faire avaler la chose du mieux que vous pourrez.
Molière

Elle avalait cela plus doux que les confitures.
Hamilton

BAISER (embrasser)

Vous avez donc baisé toute la Provence ?
Mme de Sévigné

BANDEUR (aventurier, coureur de bandes)

Ce notable bandeur avait une invention que j'estime devoir être décrite.
D'Aubigné

BRANLER (agiter, remuer)

Branlant le dard dont il voulait le percer.
Fénelon

La Bretesche avait défense expresse de branler.
Saint-Simon

CHATTE (la femelle du chat…)

Sa chatte, il la trouvait mignonne, et belle, et délicate.
La Fontaine

DÉBANDER (mettre une troupe en désordre)

Le maréchal de Joyeuse débanda sur Gobert, excellent brigadier de dragons, avec son régiment.
Saint-Simon

ENFILER (tromper ; percer avec une épée)

Il se laissait enfiler, que c'était une bénédiction.
Hamilton

Macartney, qui lui servait de second, enfila le duc d'Hamilton par-derrière et s'enfuit.
Saint-Simon

ENFONCER (faire comprendre)

Mme la duchesse d'Orléans n'avait ni la grâce ni la force nécessaires pour le lui bien enfoncer.
Saint-Simon

GLAND (ouvrage tressé ayant la forme d'un gland)

Quand les glands et les nœuds seront posés, cela sera vraiment charmant.
Mme de Genlis

HYMEN (mariage)

J'ai vu beaucoup d'hymens, aucun d'eux ne me tente.
La Fontaine

Et l'hymen d'Henriette est le bien où j'aspire.
Molière

Je resserre nos nœuds par l'hymen d'Octavie.
Voltaire

NŒUD (lien affectif ou amoureux)

Si le don de ma main peut contenter nos vœux, Je pourrai me résoudre à serrer de tels nœuds.
Molière

L'honnête homme jamais ne peut trouver de charmes À des nœuds qu'une femme arrose de ses larmes.
Fenouillot de Falbaire

PIPER (flatter, tromper)

Socrate disait que, pour le bien des hommes, il faut souvent les piper.
Lesage

PRÉSERVATIF (ce qui préserve…)

S'il est des préservatifs contre l'amour, l'amitié seule peut les donner.
Mme de Genlis

QUEUE (basques plongeantes à l'arrière d'un habit ; et, bien sûr, appendice caudal d'un animal…)

Allons, petit garçon, qu'on tienne bien ma queue.
Molière

Je vois le bout de sa queue qui sort.
Comtesse de Ségur

SAUTER (mourir)

Il eut un moment l'idée de se faire sauter.
Michelet

TRAIRE (obtenir de quelqu'un)

Mon Dieu ! Je sais l'art de traire les hommes.
Molière

VERGE (fouet)

Ha ! pensa maître Mathias, ils vont lui faire baiser les verges avant de lui donner le fouet.
Balzac

Il n'avait qu'une verge à la main.
Littré

L'aigle trompette, tirelire l'alouette

Dans une chanson, Serge Gainsbourg avait plaisamment utilisé les mots désignant les cris particuliers de divers oiseaux : « Le ramier roucoule, caquette la poule… » Nous lui laisserons la responsabilité du refrain, qui donne son titre à cette chanson : « Toi, sois belle et tais-toi ! » pour nous contenter de rappeler le nom d'autres cris d'animaux.

L'âne **brait**.
Le bœuf et la vache **beuglent** ou **meuglent**.
Le buffle **souffle** ou **beugle**.
Le cerf et le daim **brament** ou **raient** (ou **réent**).
Le chameau et le bélier **blatèrent**.
Le cheval **hennit** ou **s'ébroue**.
La chèvre **bêle** ou **béguète**.
Le chien **aboie**, **jappe** ou **clabaude**.
Le crapaud **siffle**.
L'éléphant **barrit**.
La grenouille **coasse**.
Le lapin **clapit**, et le lièvre **vagit**.
Le lion **rugit**.
L'ours **grogne** ou **gronde**.
Le porc **grogne**.

Le renard *glapit*.
Le sanglier *grommelle* ou *nasille*.
Le serpent *siffle*, comme la marmotte.
Le taureau *mugit*.
Le tigre *feule* ou *rauque*.

Quant aux oiseaux, ils chantent, fredonnent ou gazouillent. Mais encore…

L'aigle *trompette* ou *glatit*.
L'alouette *tirelire* ou *turlute*.
La caille *carcaille*, *courcaille* ou *margote*.
Le canard *cancane* ou *nasille*.
La chouette *chuinte*, *ulule* ou *tutube*,
et le hibou *bouboule*.
La cigogne *craquette*, comme la grue
(qui *craque*, *glapit* ou *trompette*).
Le coq *coquerique*.
Le corbeau *croasse* ou *graille*.
Le coucou *coucoule*.
Le dindon *glougloute*.
La fauvette et la mésange *zinzinulent*.
Le geai *cajole*.
Le goéland *pleure*.
L'hirondelle *trisse*.
Le jars *jargonne*.
Le merle *flûte* ou *siffle*.
Le moineau *pépie* ou *chuchette*.
L'oie *cacarde*.
La pie *jacasse* ou *jase*.
Le pigeon *roucoule*.

La poule *caquette*, *glousse* ou *crételle*
(après la ponte).
Le poulet *piaule*.
Et le rossignol *gringote*, ou tout simplement,
rossignole !

Du côté des insectes :

La cigale et la sauterelle *stridulent*.
Le grillon *grillote*.
La guêpe *bourdonne*, la mouche fait de même.

Mais encore... que font :

le butor
    le chacal
        le chevreuil
            le cygne
                la corneille
            le faisan
        la gélinotte
    la huppe
le loup
    le milan
        la perdrix
            le pinson
                le rhinocéros
            et **la souris** ?

Réponses pages 163 et 164.

À la queue leu leu

Peu à peu, de nombreux mots nous quittent à jamais, seulement présents dans les colonnes discrètes de dictionnaires anciens.

D'autres demeurent parmi nous, mais pour une vie très pâle, comme s'ils s'étaient affaiblis. Ainsi qu'une personne âgée s'aidant d'une canne, ils ne cheminent plus jamais seuls, mais accompagnés d'autres mots. Ainsi du *rez*, qui est toujours « -de-chaussée », du *martel*, toujours « mis en tête », ou des *attrapes*, qui cousinent toujours avec les « farces »…

D'aucuns regrettent cet amenuisement ; ainsi Maryse Courberand, créatrice du *Musée des curiosités et autres bizarreries du langage*. Dans le n° 13 de ses *Épîtres & Pitreries* (une page mensuelle qu'elle envoie à des amis), elle préconisait de transformer les « mots à usage unique » en « mots à usage multiple » : « En effet, pourquoi diantre le fétu serait-il toujours de paille, le laps de temps et le clin d'œil ? Pourquoi le for serait-il uniquement intérieur, la lurette belle, le dam grand et le huis clos ? Pourquoi ne crierait-on plus haro que sur le baudet ? »

Maryse Courberand rappelle comment Georges

Perec avait « recyclé » ces mots à faible rendement dans son roman *La Disparition* :

Au fur qu'il grandissait, Aignan s'adaptait.
Il fallait trois sauf-conduits pour franchir son huis.
Il barguigna un court laps.
Il parlait toujours dans son for.
Tu pourras croupir tout ton saoul dans ton dam lancinant !
Sans un mot, sans un clin, plus froid qu'un mort…

Rappelons aussi que, pour composer ce roman, Perec s'était contraint à ne jamais utiliser la lettre *e* ; ce qui l'empêchait entre autres d'écrire : « au fur et à mesure », un « laps de temps », un « clin d'œil »…

Signalons enfin d'autres mots qui mériteraient de connaître une même réhabilitation :

Être aux **aguets**
De l'ancien français *agait*, guet, embuscade.

Sans **ambages**
Du latin *ambages*, détours.

Farces et **attrapes**
Piège, puis tromperie, jusqu'au XVIe siècle.

N'avoir de **cesse** de, sans **cesse**
Du verbe *cesser*.

Battre la **chamade**
Appel de trompettes et de tambours fait par des assiégés pour indiquer qu'ils capitulaient.

Peu me *chaut*
De l'ancien verbe *chaloir*, avoir de l'intérêt (du latin *calere*, s'échauffer pour).

La chasse à *courre*
Courre est un verbe qui signifie, en vénerie, poursuivre une bête.

Un carme *déchaux*
De même origine que *déchaussé* : pour parler d'un religieux qui a les pieds nus dans ses sandales.

Dessiller les yeux
De l'ancien français *ciller* : coudre les paupières d'un oiseau de proie pour le dresser.

Frapper d'*estoc* et de taille
D'*estoc* signifie : avec la pointe de l'épée. L'estoc était, anciennement, une grande épée droite.

Sans coup *férir*
Du latin *ferire*, frapper.

Faire *florès*
Du latin *floridus*, fleuri.

Le feu *follet*
Diminutif de *fol*, fou, puis : capricieux, irrégulier.

En mon *for* intérieur
Au sens ancien, la coutume ; du latin *forum*, la place publique, le tribunal.

Tout est perdu, *fors* l'honneur
Du latin *foris*, dehors.

À la bonne *franquette*
  Ancien diminutif de *franc*.

Avoir l'*heur* de plaire à quelqu'un
  Au sens ancien de « bonne fortune », du latin *augurium*, présage.

Être sous la *houlette* de quelqu'un
  Désigne un bâton de berger ; de l'ancien français *houler*, jeter.

À la queue *leu leu*
  Forme ancienne du mot loup. « À la queue le leu » : comme marchent les loups.

Plessis-*lez*-Tours
  Lez (les, lès) : du latin *latus*, à côté de.

Être bien ou mal *loti*
  De l'ancien français *lotir*, tirer au sort.

Il y a belle *lurette*
  Déformation de *il y a belle heurette*, diminutif de heure.

Se mettre *martel* en tête
  Au sens ancien de marteau.

Être à la *merci* de
  Du latin *merces*, le prix, la récompense, puis la faveur, la grâce.

Une œuvre *pie*
  Du latin *pius*, pieux.

De *plain*-pied, le *plain*-chant
  Du latin *planus*, plat, uni, égal. Ce mot s'emploie

encore en termes de marine, pour désigner le plus haut niveau de la marée.

À brûle-***pourpoint***
Du nom d'un ancien vêtement, semblable à un justaucorps.

Peu ou ***prou***
De l'ancien français *prou*, profit ; lui-même du latin *prodesse*, être utile.

Un maître ***queux***
Du latin *coquus*, cuisinier. Notons qu'une queux est une pierre à aiguiser.

Le ***rez***-de-chaussée
De l'ancien français *rez*, rasé, à ras.

Les ***us*** et coutumes
Sens ancien d'habitude, d'usage.

Une plus-***value***
Du verbe *valoir*, bien sûr.

À ***vau***-l'eau
Ancienne forme de *val*.

À Laval, elle l'avala

Le *palindrome* est un mot ou une phrase qui se lit de la même manière, à l'endroit ou à l'envers ; ainsi de celle qui donne son titre à cette rubrique.

Les mots palindromiques sont peu nombreux en français ; en voici une liste quasi complète :

    ANNA
    ERRE
    ÉTÉ
    ÉTÊTÉ
    GAG
    ICI
    KAYAK
    NANAN
    NON
    RADAR
    RESSASSER
    RÊVER
    ROTOR
    SAGAS
    SERRES
    SEXES
    SNOBONS

SOLOS
SUS
TAXÂT
TÔT
UBU

Peu utilisables, citons encore *essayasse*, et *mayalayam* (une langue de l'Inde) et *wassamassaw* (nom d'un marais en Caroline du Sud) !

Pour finir, rappelons quelques phrases rédigées suivant ce principe :

À l'étape, épate-la !

L'ami naturel ? Le rut animal !

Engage le jeu, que je le gagne.

Etna : lave dévalante.

Karine alla en Irak.

La mariée ira mal.

Noce : l'adoré roda le con.

Sexe vêtu : tu te vexes ?

Alaise, alèse, alèze

Une source de tracas, autant pour qui maîtrise mal sa langue que pour celui qui s'en préoccupe, est l'orthographe incertaine de divers mots.

Je prépare un album sur les animaux ; dois-je écrire *sconse*, *skons*, *skunks*, ou *skuns* (mot désignant la fourrure de la mouffette) ? Un livre de cuisine : *cari*, *carry*, ou *curry* ? Un ouvrage sur la pêche : *èche*, *esche*, ou *aiche* ?

En fait, même si les dictionnaires semblent rarement d'accord, toutes ces graphies sont possibles. Et bien d'autres mots peuvent s'orthographier de deux façons. D'où les deux dictées suivantes, aussi recevables l'une que l'autre.

PREMIÈRE VERSION

Ami du **chah**, le **maharajah**, sitôt sorti de l'**ashram**, courut retrouver dans l'arrière-salle d'un **bistro** le **guru** et un **muphti** de son entourage. Étaient aussi présents un **calife irakien**, de **Bagdad** pour être précis, et un **Cingalais**, pêcheur à Puttalam et vêtu d'un **chantoung** coloré.

Tous conversaient paisiblement autour d'un **narguilé** chargé de **haschisch** parfumé à l'huile de **coprah**. La curieuse confrérie ne tarda pas à divaguer, non loin de beaux **lis** et jolis **bougainvilliers**.

Le **muphti**, qui était un grand **soufi**, entama une **sourate** et des **soutra** qui n'amusaient guère les quatre autres. C'est alors que le **Cingalais** proposa une partie de pêche en mer.

Et notre équipage hétéroclite de se diriger vers le port de Nâgapattinam. Un **aconier balèze**, vieux **briscard** plein de **bagou**, embarqua tout ce beau monde.

Pas loin du **rouf**, la voile **faseillait** et les **aussières** tremblaient, résistant au **norois**.

Le **maharajah** choisit en guise de **boëte** un **boucaud**, prit une **daurade** et poussa un **hourra**. Le **guru**, dont l'**esche** était un **cabillaud**, ferra un **béluga**. Le **muphti** et le **calife** furent surpris de trouver dans leurs **seines**, en pleine mer, un **chevesne** et une **barbote** !

Après avoir **arisé**, ils accostèrent. Un **Canaque** portant un **baluchon** et un **jerrican** les accueillit. Il était accompagné d'un **bardeau** et d'un **cacatoès** qui grignotait des **cacahuètes**.

Quant au **Cingalais**, tout pêcheur qu'il était, il revint bredouille et dut se contenter au repas d'un **bortsch**, avec un peu d'**aïoli**, d'un **goulache** arrosé d'un verre de **gnôle** frelatée et de quelques **akènes**…

SECONDE VERSION

Ami du **shah**, le **maharadjah**, sitôt sorti de l'**asram**, courut retrouver dans l'arrière-salle d'un **bistrot** le **gourou** et un **mufti** de son entourage. Étaient aussi présents un **khalife iraquien**, de **Baghdad** pour être précis, et un **Cinghalais**, pêcheur à Puttalam et vêtu d'un **shantung** coloré.

Tous conversaient paisiblement autour d'un **narghilé** chargé de **haschich** parfumé à l'huile de **copra**. La curieuse confrérie ne tarda pas à divaguer, non loin de beaux **lys** et jolies **bougainvillées**.

Le **mufti**, qui était un grand **sufi**, entama une **surate** et des **sutra** qui n'amusaient guère les quatre autres. C'est alors que le **Cinghalais** proposa une partie de pêche en mer.

Et notre équipage hétéroclite de se diriger vers le port de Nâgapattinam. Un **acconier balaise**, vieux **brisquard** plein de **bagout**, embarqua tout ce beau monde.

Pas loin du **roof**, la voile **faséyait**, et les **haussières** tremblaient, résistant au **noroît**.

Le **maharadjah** choisit en guise de **boette** un **boucot**, prit une **dorade** et poussa un **hurra**. Le **gourou**, dont l'**aiche** était un **cabillau**, ferra un **bélouga**. Le **mufti** et le **khalife** furent surpris de trouver dans leurs **sennes**, en pleine mer, un **chevaine** et une **barbotte** !

Après avoir **arrisé**, ils accostèrent. Un **Kanak** portant un **balluchon** et un **jerricane** les accueillit. Il était accompagné d'un **bardot** et d'un **kakatoès** qui grignotait des **cacahouètes.**

Quant au **Cinghalais**, tout pêcheur qu'il était, il revint bredouille et dut se contenter au repas d'un **borchtch**, avec un peu d'**ailloli**, d'un **goulasch** arrosé d'un verre de **gnaule** frelatée et de quelques **achaines**…

Enfin, nous laisserons au lecteur le soin de deviner quelle est l'autre « ortograf » des mots suivants !

aérolite, angrois (coin de fer), *aulne*

becquet (petit papier), *bésef, bisexuel, bizut, blase, boomerang*

cabale, caduc, canisse (tige de roseau), *carbonade* (ragoût), *cariatide* (statue de femme), *cèpe, chacone, chausse-trappe, chorde* (plante), *cirre* (vrille des plantes grimpantes), *clabot* (pièce mécanique), *clé, cleptomane, cliquettement, cola* (fruit du kolatier), *coquard, corniaud, cuillère, czar*

drenne (grive)

emmental, épissoir (poinçon), *escarre, euristique* (qui sert à la découverte)

fellaga, fedayin, fjord, flash, flegmon (inflammation)

granit, grateron (plante), *grizzli*

homoncule (avorton), *horsain* (occupant d'une résidence secondaire), *hululer*

labri (chien de berger), *laïc*, *lause* (tuile), *lice* (en termes de tissage), *lombago*

mafia, *maelström*, *mariole*, *maroilles* (fromage), *mauresque*, *mironton*

nénufar

orang-outan, *oukase*, *oust*

paie, *parafe*, *picvert*, *plasticage*, *pouding*

rai, *rancard*, *redan*, *rigaudon*, *rufian*

samouraï, *saoul*, *sixain* (strophe de six vers), *soja*

tanin, *tœnia*, *taulard*, *teck*, *téléférique*, *téorbe* (instrument de musique), *terril*, *trimbaler*, *tripou* (plat de tripes auvergnat), *trucage*, *tsigane*, *tufeau* (roche calcaire)

vigneau (mollusque), *vipereau* (petite vipère)

walkyrie, *yack*, *yaourt*.

Réponses page 164.

Alerte au « cochonglier » !

Nos amies les bêtes sont parfois issues d'un croisement artificiel entre deux espèces.

S'il est relativement aisé de deviner qu'un *jaguarion* est le rejeton d'un jaguar et d'une lionne, que penser de la *crocotte* ? Un enfant pourra y voir quelque animal fabuleux, un crocodile croisé avec une « cocotte », autrement dit une poule avec des dents !

La liste suivante ne manquera pas d'interpeller tout un chacun :

Bardot, **bardeau** ou **bardine**
 Cheval et ânesse

Cattalo
 Taureau et bisonne, ou vache et bison

Chabin
 Mouton et chèvre

Cocquard
 Faisan et poule, ou coq et faisanne

Corneau ou **corniaud**
 Chien et chienne de races différentes

Dozed ou *donzèbre*
Âne et zèbre femelle, ou zèbre et ânesse

Jaguapard
Jaguar et léopard ou panthère

Léopon
Lion et panthère

Léporide
Lièvre et lapin

Ligron ou *ligre*
Lion et tigresse

Mulard
Canard de Barbarie et cane domestique

Mulet, *mule*, *muleton*, *muletonne*, *mulasse*
Âne et jument. Attention cependant, le *mulet* est aussi le « produit » du serin et du chardonneret !

Musmon ou *mouchèvre*
Bélier et chèvre

Ovicapre
Bouc et brebis

Siabon
Gibbon et siamang

Tigron ou *tiglon*
Tigre et lionne

Zébrule
Cheval et zèbre

Zopiok ou *zoom*
Zébu et yack.

Quant au *jumart*, prétendu hybride d'un taureau et d'une jument, il relève de la légende, tout comme le *catbit* (chat et lapin) !

Et notre **crocotte** alors ? Cet hybride existe bel et bien. Il a pour géniteurs un loup et une chienne...

Serions-nous dans la fiction ? Non, comme le rappelait un article de *France-Soir* (en janvier 1999), dont nous avons repris le titre.

On y apprenait qu'une espèce hybride était apparue en France voilà une dizaine d'années : le **cochonglier**, né de l'accouplement d'un porc et d'une laie, ou d'un sanglier et d'une truie. Cet animal est né de la difficulté qu'avaient des éleveurs à nourrir de vrais sangliers ; devenus adultes, et retrouvant leur instinct sauvage, ils ne tardaient pas à s'enfuir.

Le phénomène connaît une réelle ampleur, puisque les chasseurs ont tué plus de 320 000 cochongliers en 1998 !

Cet animal, qui s'attaque parfois à des personnes, a fini par tellement déplaire qu'il existe aujourd'hui une Association contre le cochonglier !

L'aspirine du Parisien

L'anagramme consiste à créer un mot ou une phrase en réutilisant, dans un autre ordre, les lettres d'origine.

Comme d'autres jeux de langage, ce procédé laisse à penser que les mots recèleraient, dans leur forme même, des vérités cachées. Ainsi, lorsque Ronsard lit dans le prénom d'une femme aimée, MARIE, le verbe AIMER :

Marie, qui voudrait votre nom retourner,
Il trouverait aimer, aimez-moi donc Marie !

Dans le même sens, proposons les énoncés suivants :

L'**aspirine** est indispensable au **Parisien**.

Un **boulier** permet de ne pas **oublier**.

Le **chien**, bien sûr, aime sa **niche**.

Pour **draguer** efficacement, il faut savoir **graduer** ses approches.

Grâce à leur pétrole, les **émirats** restent les **maîtres**.

Entier mais **inerte** n'est pas un sort très enviable.

La **fiente** sert de **feinte** à divers animaux.

L'**insecte** connaît-il l'**inceste** ?

Ceux qui **meurent** ne **remuent** plus.

La **nuit unit** les amants.

Les **parents** nous lèguent parfois quelques **arpents**.

Ils ne veulent pas que la **patrie** ne soit qu'une **partie** d'un « super-État ».

Proches des **porches** sont souvent installées les prostituées.

Au **Sénat**, tous n'ont pas la **santé**.

Les **singes** ne connaissent finalement que très peu de **signes**.

Elle n'aime **sucer** que du **sucre**.

Le **tirage** du loto implique un sévère **triage**.

L'**urine** est, chez l'incontinent, une **ruine** du sommeil.

L'**utopie** n'est-elle qu'une espèce de **toupie** séduisante et vaine ?

Un beau gars ! Une belle garce !

Le féminin correspondant au masculin est souvent clair, la présence ou non d'un *e* marquant le genre : *petit – petite, étudiant – étudiante*.

Mais les choses se compliquent en fait assez vite, surtout quand il s'agit de désigner une personne.

Une première série de distorsions apparaît avec des mots masculins qui désignent un métier, mais dont le féminin n'est absolument pas le symétrique. Un *cafetier* vous sert une bière ou une limonade, mais une *cafetière* ne le fait pas !

Ce sont encore les couples suivants :

> batteur – ***batteuse***
> chauffeur – ***chauffeuse***
> chevalier – ***chevalière***
> matelot – ***matelote***
> mitrailleur – ***mitrailleuse***
> tireur (d'élite) – ***tireuse*** (de litres !)

Ici le masculin se rapporte à une activité, le féminin à un « objet ». Comme si notre langue avait enregistré une dépréciation séculaire exercée envers les femmes…

Mais il y aurait matière à plus de griefs encore avec des mots qui au féminin font de la femme une prostituée, ou du moins une personne de mœurs légères.

cascadeur – *cascadeuse*
coureur – *coureuse*
courtisan – *courtisane*
entraîneur – *entraîneuse*
gagneur – *gagneuse*
gars – *garce*
maître – *maîtresse*
marcheur – *marcheuse*
procureur – *procureuse*

Un même genre de dévaluation a lieu avec certains adjectifs :

Un homme *facile* (de bon contact)
Une femme *facile* (légère)

Un *grand* homme (célèbre)
Une *grande* femme (par la taille)

Un homme *public*
Une femme *publique*.

Toutefois, l'inverse peut aussi se produire.
Ainsi, quand pour une femme être considérée comme une *jolie dame* est flatteur, il est peu enviable pour un homme d'être traité de *joli monsieur*…

La belle photo de Pierre

Au XVIIIe siècle, un auteur comme Rivarol n'hésitait pas à déclarer, de manière péremptoire : « Ce qui n'est pas clair n'est pas français. »

Personne, aujourd'hui, n'oserait défendre un tel point de vue, tant nous savons combien notre langue recèle d'ambiguïtés, dues à l'homophonie (*Il aime la scène, la cène et la Seine*), à l'homographie (*Les poules du couvent couvent*) ou à la polysémie (*Ton avocat est pourri*).

Ce sont aussi tous ces mots étranges qui signifient une chose et son contraire : l'*hôte*, c'est celui qui reçoit et celui qui est invité ; *louer*, c'est être locataire ou propriétaire ; la *cause*, la raison ou le but ; *gâter*, c'est choyer ou abîmer ; *remercier*, dire merci ou congédier…

Mais il en est encore bien d'autres équivoques ; ainsi dans la phrase donnée comme titre : rien ne dit s'il s'agit d'une image qui montre Pierre, ou d'une photo faite par lui.

Dans un livre pour le moins technique, mais fort intéressant (*Les Ambiguïtés du français*), Catherine Fuchs en a minutieusement fait le tour. À partir des nombreux exemples de son ouvrage, nous offrons au lecteur un léger florilège de ces énoncés compréhensibles de deux manières – en lui laissant le soin de trouver la solution !

Anne s'occupe encore aujourd'hui de sa mère.

Bernard a fait cela pour rien.

Catherine a rapporté un vase de Chine.

Cécile chante Mozart aussi bien que les Beatles.

Ces livres valent trente francs.

Cette femme aime son fils plus que son mari.

Charles est comme mon fils.

Le choix de ce médecin peut se discuter.

Didier n'est pas venu dîner, comme je l'espérais.

Georges admire Maud autant que Jean.

Gérard veut épouser sa mère.

Gilles et Patrick aiment se battre.

Guillaume n'a connu qu'une série d'échecs dans sa vie.

Jacques a fait faire un costume à Pierre.

J'ai rencontré un marchand de meubles anglais.

J'ai visité la maison du père de Paul et de Marie.

Jean-Luc a confiance en lui.

Jeanne et Murielle sont allées à Paris.

Je l'ai quitté joyeux.

Je ne serai pas le premier président à perdre une guerre.

Je suis un imbécile.

Je vous traiterai comme mon fils.

La concierge n'est pas folle, comme le disent ses voisins.

Laure amuse Alain.

Laurent peut venir ce soir.

Marc vit s'avancer, la mort dans l'âme, la veuve de Jean.

Nadine couvre la corbeille de fleurs.

Nous pouvons aller à Pékin.

Paul dort encore.

Plus de sous !

Régis a abordé une fille avec des fleurs.

Richard et Sylvie sont mariés.

Violette sent la lavande.

Vous devez le savoir.

Terminons sur une note culinaire. Si, à la vitrine d'une brasserie, nous lisons

MOULES FRITES

nous entendrons aussitôt, bien sûr, qu'il s'agit de moules accompagnées de pommes frites. Mais il pourrait s'agir après tout d'une recette originale de moules préparées en friture !

Boisson, poisson, poison

Les deux ressorts essentiels du jeu de mots sont l'*homophonie* (voir la rubrique « Il peint des pins sur des pains ») et la *paronymie*. Les paronymes sont des mots phonétiquement très proches, ainsi les trois qui forment le titre de cette rubrique.

Les écrivains se plaisent à jouer avec les paronymes.

Pierre de Ronsard : « Ma douce Hélène, non, mais bien ma douce haleine. »
François Rabelais : « Le service du vin, le service divin. »
Pierre de Marbeuf : « Et la mer et l'amour ont l'amer pour partage. »
Robert Desnos : « La nuit, l'ennui. »
Paul Éluard : « Lingères légères. »
Jean Cocteau : « Faux marbre fou d'ambre et d'ombre. »
Jacques Prévert : « Café crème, café crime. »
Eugène Ionesco : « Bizarres, beaux-arts. »
Jean-Michel Volmert : « Les sueurs de l'amour, et les suaires de la mort. »

Mais les écrivains n'ont pas l'exclusivité de ce genre de jeu, loin s'en faut !

Les journalistes en sont également friands ; en particulier dans *Le Canard enchaîné*, bien sûr, mais aussi dans *L'Équipe*, *Télérama* ou encore *TV-Ciné-Obs* (le supplément du *Nouvel Observateur*), dans lequel j'ai relevé, parmi beaucoup d'autres, les titres suivants :

L'enfer du décor – Cour partiale ? – Mélancomique – Nature forte – Tout feu tout femme – La farce de l'âge – Parodie perdue – Mon boulot, ce boulet – Un pavé dans la mer – Défonce d'entrée – La planète des songes – L'écrit et l'écran – Double je – Le péril jeunes – Le petit litre rouge – Chaîne de vie – Les honneurs de la guerre – L'amour à mort – Peau d'âme – Haro sur les (super)héros – Un sage en hiver – Idole et idylle – Toile et voile – La légende des cycles – L'art de la fougue – Brouillons de culture – L'ennui du chasseur – Tension de famille – Corps à cœur – Le choix des âmes – Les raisons de la colère – Le soufre au cœur – La douleur de l'argent – Chagrin d'humour – Les lendemains qui sentient – Terreur au terroir – Flammes au foyer – Chaîne de vie – Un pastiche sinon rien – Un homme et une flamme – Tranche de ville – Soufre au corps – Le choix des larmes – Sévices secrets – Tronche de vie – Prince sans rire – Au nom du pire – L'odyssée de l'espèce – Mort de mer – etc.

Parfois cela est facile, et tourne au procédé, parfois c'est réussi (*Chagrin d'humour* ou *Mélancomique*)…

Bondard, bondon, bougon

« Français par les fruits (comme d'autres le furent "par les femmes") : goût des poires, des cerises, des framboises », écrivait Roland Barthes.

Pour ma part, je serais avant tout français pour le désir inextinguible et incessant que j'ai de notre langue, de *nos langues*, devrais-je dire, car le français est multiple.

Les femmes, les fruits, la langue, la cuisine, l'architecture, les paysages, dans toute leur diversité, nous offrent bien des motifs d'aimer notre pays.

Le lecteur sait-il quel est le point commun entre les mots suivants ?

Abondance, amou, annot, ardi-gasna, arnegoy, asco, bethmale, bondard, bondon, bougon, bouille, bouton de culotte, brin d'amour, cacha, colombière, dauphin, duc, fontal, galantine, gaperon, géromé, esbareich, excelsior, explorateur, kaunas, larums, magnum, monsieur, montréal, montségur, niolo, orrys, pierre qui vire, pigouille, poivre d'âne, pourly, rogeret, romans, sableau, sassenage, savaron, stilton, suprême, toupin, venaco, villebaron, void...

Réponse page 165.

La concupiscence du cénobite !

Nombre de mots laissent deviner leur sens dans leur forme même, leur sonorité en particulier.

Que l'on pense, entre autres, aux suivants :

> **abracadabra**
> **bringuebaler**
> **clinquant**
> **dégingandé**
> **friselis**
> **hurluberlu**
> **lallation**
> **perlimpinpin**
> **tarabiscoté**
> **tintinnabuler…**

D'autres, en revanche, s'avèrent opaques, jusqu'à prendre un sens tout à fait différent de l'originel.

AVATAR

Au sens strict, une métamorphose ; aujourd'hui un dommage (sous l'influence d'*aventure* et d'*avanie*).

CRAMOISI

Rouge, tirant sur le violet ; mais on y entend plutôt le « moisi », voire le « crasseux ».

GLAUQUE

De couleur verte, rappelant l'eau de mer ; utilisé aujourd'hui dans le sens de « trouble ».

INGAMBE

De l'italien *in gamba* (en jambe), autrement dit « alerte » ; on y entendrait plutôt « qui n'a pas de jambes » !

LINÉAMENT

Le trait général (d'un visage, par exemple), l'esquisse ; et non les sinuosités ligamenteuses !

VALÉTUDINAIRE

Qui n'a rien à voir avec les études ou les valets, mais qui signifie « maladif » !

Enfin, il est des mots qu'on hésite à employer, pour les sens indésirables qu'ils évoquent. On pensera à la **bitte** (d'amarrage), au **cénobite** (un moine), au **concubin**, au **consensus**… et surtout à la **concupiscence** !

Ce mot du vocabulaire religieux désigne le « penchant au plaisir des sens ». *Qui oserait parler,* écrit joliment Bossuet, *de cette concupiscence, qui lie l'âme au corps par des liens si tendres et si violents, dont on a tant de peine à se déprendre, et qui cause aussi dans le genre humain de si effroyables désordres ?*

Le cumixaphile bélonéphobe

L'être humain est sans doute sujet à autant de peurs que de passions.

Ainsi, l'improbable personnage qui fait l'objet du titre ci-dessus serait un collectionneur de boîtes d'allumettes qui aurait la phobie des... épingles !

On devine aisément l'engouement de l'aquariophile, du bibliophile, du colombophile, du dinosaurmaniste (!), du discophile, du jocondophile, du stylophile ou du tintinophile... Le magazine *Collectionneur & Chineur* est une très riche mine à ciel ouvert sur toutes ces passions plus ou moins obsédantes, souvent monomaniaques mais peu dangereuses...

D'autres ont des appellations plus mystérieuses ; ainsi, quelle est celle d'un ?

Avrilopiscicophile
Buticolamicrophile
Canivettiste
Chartapotophile
Entiériste
Glandophile
Hémérophile

Lécythiophile ou *lécythomyrophile*
Libellocénophile
Maximophile ou *analogophile*
Microtyrosémiophile
Molafabophile
Notaphile
Phalériste
Pressophile
Raptomécanophile
Tabulaphile
Tesseravéhiculophile
Vexillophiliste
Vitolphiliste…

De la même façon, nous savons tous ce qu'est l'agoraphobie (la peur des espaces vides, certes à ne pas confondre avec l'*ochlophobie*, celle de la foule), la claustrophobie, l'anglophobie, l'arachnophobie (à combien de nanars a-t-elle donné lieu !), la thalassophobie…

Mais à quelles angoisses renvoient celles-ci ?

Acrophobie
Amaxophobie
Aupniaphobie
Autodysosmophobie
Bitrochosophobie
Cheimophobie
Clinophobie ou *kénophobie*
Créatophobie
Élaïnophobie
Éreuthophobie ou *érythrophobie*

*Lachanophobie
Machirophobie
Oïchophobie
Orophobie
Potamophobie
Sidérodromophobie
Triskaïdekaphobie
Villophobie…*

Réponses pages 165 et 166.

Elle a tissu un joli plaid

Non ! Ce n'est pas une erreur de l'auteur ou de l'éditeur ! « Tissu » est le participe passé du verbe *tistre* ! C'est un verbe « défectif », c'est-à-dire dont la conjugaison est incomplète. On comprend pourquoi ce mot appartient à la même famille que « défection » et « défectueux » ! Certains ne sont même employés que sous une seule forme.

Voici, pour l'essentiel, quels sont ces verbes, attachants de par leur rareté.

Adirer : perdre, égarer (en langage juridique).
Apparoir : être évident, résulter.
Bienvenir : être le bienvenu.
Chaloir : être nécessaire, important.
Choir : tomber.
Conster : être certain, prouvé, dans le langage juridique.
Contondre : contusionner.
Courre : ancien infinitif de « courir ».
Déclore : retirer une clôture.
Dépourvoir : priver du nécessaire.
Émoudre : aiguiser. (Ce n'est pas un verbe

défectif, mais il en est proche par son usage très restreint.)

Enquerre : examiner, rechercher : terme d'héraldique.
Ester : attaquer, intenter (en termes judiciaires).
Férir : frapper.
Forfaire : agir contre ce qui est permis.
Gésir : être couché, malade ou mort.
Issir : sortir, venir de.
Messoir : ne pas convenir (contraire de « seoir »).
Partir : répartir, partager.
Raire : tondre ; bramer. On dit aussi *réer* et *raller*.
Rentraire (ou *rentrayer*) : stopper (en termes de couture).
Semondre : inviter.
Souloir : avoir l'habitude.
Transir : engourdir par le froid.

Nous invitons le lecteur à essayer de les utiliser, dans une phrase ou une expression, de manière séante ! Et s'il sèche, qu'il aille jusqu'aux « Solutions », à la fin de ce livre.

Dans son *Dictionnaire d'orthographe*, André Jouette écrit, à juste raison : « À lire certains de ces verbes, on a l'impression d'assister à leurs derniers soupirs. » En effet ! Leur pouls est faible, et leur souffle court. Et pourtant... Si ces verbes sont d'un emploi très rare, ils peuvent aussi inciter à la fantaisie.

Le verbe *ouïr* avait donné à Raymond Devos matière à composer un sketch réjouissant :

Le verbe ouïr, au présent, ça fait « j'ois... j'ois »... Si au lieu de dire « j'entends », je dis « j'ois », les gens vont penser que ce que j'entends est joyeux alors que ce que j'entends peut être particulièrement triste. Il faudrait préciser : « Dieu, que ce que j'ois est triste ! »
J'ois... Tu ois... Tu ois mon chien qui aboie le soir au fond des bois ?
Il oit... Oyons-nous ? Vous oyez... Ils oient. C'est bête ! L'oie oit.
Elle oit, l'oie !
Ce que nous oyons, l'oie l'oit-elle ?

Réponses pages 166 à 168.

Une fille mièvre et narquoise

Quand les mots ne disparaissent pas, souvent changent-ils de sens, plus ou moins radicalement. Ou du moins voient-ils un de leur sens oublié et recouvert par d'autres. Un *désert* était jadis un parc isolé, dans lequel étaient construites des *fabriques* ou des *folies*. Une *garce lascive* n'était qu'une jeune fille au tempérament joueur.

Nous nous arrêterons seulement sur quelques mots dont le sens a été retourné comme un gant. Le contresens, l'humour ou l'incongru ne sont pas loin.

Les phrases suivantes pourront faire l'objet de petites devinettes dont on découvrira la solution pages 168 et 169.

L'***artifice*** de cet écrivain lui vaut un franc succès.

Cette faillite lui a donné un terrible ***atout***.

Notre repas fut très ***compassé***.

Édouard fut tout de suite séduit par l'***embonpoint*** d'Edwige.

La chaleur les ***énerva*** rapidement.

Ferdinand a beaucoup de succès avec ses romans très *falots*.

Les articles parus sur son dernier livre l'ont rendu *furieux*.

Une agréable *hilarité* régnait parmi les convives.

Tous ses amis reprochent à Honoré d'être aussi *humoriste*.

Pleine de *malice*, Maud fait le malheur de ses parents.

Médéric est réputé pour sa *médiocrité*.

Marjolaine est la fille la plus *mièvre* que je connaisse.

Ils se sont plaints du *murmure* fait par les voisins.

Nadège est une femme très *narquoise*.

Fiévreuse dans son lit, Rosine était emportée par une vive *rêverie*.

Théodore est un homme *truculent*.

La fracture du myocarde

L'à-peu-près consiste à déformer un mot, involontairement ou non, en le rapportant à un autre, connu. C'est là une pratique habituelle chez les petits enfants, qui parlent de *pommes de terre en robe de chambre*, du *dent qui frise*, de la *cire humaine* et d'une *tête d'oreiller*...

Et bien des adultes aussi écorchent certains mots : « J'en ai assez d'être le *bouc hémisphère* » dit l'un, tandis qu'un autre déclare : « Le docteur lui a prescrit de *l'eau d'un homme* » ! Et qu'un autre encore évoque le *mec plus ultra* !

Certains mots, il est vrai, prêtent aisément à confusion : *aborigène*, qui devient « arborigène », l'*aréopage*, un « aéropage » ; tandis qu'un cheval est « carapaçonné », et qu'une personne est mal « rénumérée »...

Mais ne nous moquons pas trop vite. Qui n'a pas eu, un jour, la langue qui a fourché en parlant par exemple de *La Chartre*, *La Châtre*, ou de *l'École des chartes* ?

Divers écrivains ont largement pratiqué ce jeu. Ainsi chez Frédéric Dard, l'à-peu-près est le véritable langage de Bérurier ; dans sa bouche, les chiens ont nom « sectaire irlandoche », « boule d'ogre » ou « tel-quel à poils courts » !

Jean Grenier (qui fut le professeur de philosophie d'Albert Camus) aimait à recueillir les à-peu-près qu'il entendait ici ou là.

Mon métier a trop d'*alinéas*.

J'ai *les pieds de Damoclès* sur la tête.

Les *radiateurs* romains étaient obligés de se battre avec des bêtes sauvages.

Ce député est en *sabotage*.

Il est mort d'une *conclusion* intestinale.

J'ai peur des *rats musclés* qui courent la nuit.

J'ai cru m'être cassé le *toxique*.

Son mari est payé au *prolétariat* de son travail.

Son frère a disparu au Mont-Saint-Michel dans les *sables émouvants*.

Il a de beaux livres qui ont été *illuminés* par les moines.

Ma femme a décoré la table avec des *roses crémières*.

J'en ai assez de servir de *cow-boy* !

Mon voisin a des vaches qui ont la *fièvre affreuse*.

Donnez-moi de *l'élixir frigorifique* et de *l'eau de maniaque* !

Enfin, celui-ci, qui a fait la fortune de bien des humoristes :

Cet hôpital est **vieux comme mes robes** !

Une autre forme d'à-peu-près est l'*étymologie populaire*, c'est-à-dire l'interprétation d'un mot de manière fantaisiste (et involontaire), à partir de ressemblances sonores.

Dans *Opinions sur rue*, Gérard Pabiot avait publié ce genre d'approximations, glanées, en micro-trottoir, pour la station de radio RTL.

Le *garde des sceaux*, c'est un genre de concierge qui garde les seaux jusqu'à temps qu'on en ait besoin pour laver la cour.

Les **castristes**, ce sont les gens auxquels on a coupé les parties nobles de l'individu.

Le **Concordat**, c'est l'avion français qui nous a coûté si cher.

Les *suzerains*, c'étaient des moines qui faisaient de l'alcool.

Le **Bénélux**, c'est une lessive qu'on vend dans un tonnelet-réclame.

Le *ton emphatique*. Le thon naturel, je connais, et aussi le thon à l'huile, en miettes ou entier… mais « en fatique », je n'ai pas entendu parler.

La *promiscuité*, c'est la fiancée qui est tellement heureuse de ce qui lui arrive qu'elle en a trop bu.

La *bureaucratie*, c'est toute la crasse qu'on ramasse dans les bureaux après les heures de fermeture.

La *donation entre époux*, c'est la nuit de noces.

Un *embargo*, c'est la maladie des gens qui souffrent des reins.

Le *franglais*, c'est ce que disent les Anglais pour parler du nouveau franc.

Un *adjuvant* ? Demandez à mon mari, moi je n'ai pas fait de service militaire.

C'est joli les *bas-reliefs*. Surtout quand c'est bien porté ; sur une jeune fille, par exemple, si elle est grande et bien proportionnée.

La *pathologie comparée*, c'est quand on étudie les pattes des animaux pour en tirer des comparaisons.

Les *sciences occultes* ? Dans le temps on appelait ça la pornographie et on se cachait pour lire des livres comme ça. Aujourd'hui tout le monde en redemande.

Un *officier des palmes académiques* ? Sans doute un gradé chez les hommes-grenouilles.

Un *docteur en droit*, c'est un docteur qui a le droit d'exercer parce qu'il a des diplômes suffisants.

Les *graffiti*, c'est un genre de pâtes à l'italienne.

Quand on habite en HLM, on sait tout de suite ce que c'est la *musique de chambre*. Les sommiers qui grincent et les chaussures qui tombent par terre, les soupirs à n'en plus finir…

Un *mélomane*, c'est un homme qui chante des trucs mélo.

L'*opéra-bouffe*, c'est un dîner-spectacle.

Les *doubles croches*, ce sont les crochets « X ».

Une *sinécure*, c'est quand on va au cinéma tous les jours, qu'on se force même d'aller au cinéma pour se changer les idées.

La *curée* ? Vous voulez dire la femme du… C'est des hommes comme les autres, hein !

Le français de François

Dans *L'Art de parler et d'écrire correctement la langue françoise* (publié à Paris « en l'an 1809 »), l'abbé de Lévizac observait déjà « le peu d'accord qui règne entre les sons et les signes qui les représentent ».

Le titre même de son bel ouvrage en fournit un exemple ; il écrit en effet encore **françoise** (pour **française**), qui se prononce déjà à l'époque « ai » et non « oi » ou « oué ». Et l'on écrit de la même manière : « je disois », « foible » ou « monnoie »…

Nous retrouvons ici la question si importante en « françois » de l'*homophonie* (un même son pour plusieurs graphies).

Moins répandu, l'inverse existe également au contraire : ce sont les *homographes hétérophones*, quand deux groupes de lettres identiques se prononcent différemment.

Quelques exemples :

abbaye (*ai-i*) – Blaye (*aille*)
abdomen (*ène*) – examen (*in*)
aiguille (*gu-i*) – anguille (*gui*)

aquarium (*coua*) – qualité (*ca*)
bronchite (*chite*) – malachite (*kite*)
célibat (*a*) – mat (*ate*)
chef (*eff*) – clef (*é*)
damner (*ané*) – anamnèse (*am-nè*)
faire (*fai*) – bienfaisance (*fe*)
faon (*an*) – pharaon (*a-on*)
fille (*iye*) – ville (*ile*)
heure (*eu*) – gageure (*ure*)
hymne (*m-ne*) – automne (*one*)
magnat (*g-na*) – magnanerie (*nia*)
mer (*ère*) – aimer (*é*)
Metz (*esse*) – Cardinal de Retz (*ai*) – ersatz (*ts*)
monsieur (*meu*) – monseigneur (*mon*)
net (*ette*) – bonnet (*ai*)
oignon (*o*) – oiseau (*oi*)
péril (*ile*) – fusil (*i*)
pusillanime (*zi-la*) – fusilla (*zi-ya*)
salut (*u*) – rut (*ute*)
septembre (*p-t*) – compter (*onté*)
tabac (*a*) – bac (*ak*)

Observons encore qu'on parle d'un *musicien bigouden* («din»), mais d'une *coiffe bigouden* («dène»)...

Mais ce qui est source de difficultés dans l'apprentissage de notre langue devient le prétexte à des fantaisies littéraires. Le grand Alphonse Allais a composé plusieurs poèmes dont les rimes se fondent sur cette particularité. Voici les premiers vers de *Rimes riches à l'œil*, publié dans *Le Sourire* en 1901 et soi-disant par un sourd-muet !

> *L'homme insulté qui se retient*
> *Est, à coup sûr, doux et patient.*
> *Par contre, l'homme à l'humeur aigre*
> *Gifle celui qui le dénigre.*
> *Moi, je n'agis qu'à bon escient ;*
> *Mais gare aux fâcheux qui me scient !*

Ou encore ce tercet :

> *Tout vrai poète tient*
> *À friser le quotient*
> *De ceux qui balbutient.*

Plus séduisants encore sont les mots qui possèdent cette propriété. Maryse Courberand, dans le n° 6 de ses *Épîtres & Pitreries* (en juin 1997), proposait le texte suivant :

> *Note aux élus qui au Conseil **président***
> *et au **président** de la république d'Égypte.*

*Il faut que nous **adoptions** pour les **adoptions** des mesures favorables afin que cesse un trafic dénoncé par M. Jean, célèbre **reporter**. **Reporter** ce débat serait pure folie. « Dans notre pays, il devient impossible d'adopter un **fils** tant les **fils** des **lacs** de l'administration sont troubles comme les eaux des **lacs** et étriqués comme un jean, dit **Jean**, et pour les démêler, vous en **suez**. Or à **Suez**, une **mater** et les sœurs d'un*

couvent couvent un réseau à **mater**. Elles échangent des orphelins mal nourris contre **dations**. » Nous **dations** de 1995 ces propos dans notre précédent rapport. Intervenir devient **urgent**, comme **urgent** ces **options** à prendre. Il faut que : nous **options** pour l'abolition de ce genre d'**exécutions** ; nous **exécutions** des contrôles dans plusieurs de ces établissements d'un seul **jet** ; nous affrétions un **jet** chargé de **rations** de riz ; nous ne **rations** pas une occasion de stopper ce trafic **influent** dont les chefs **influent** sur vos **relations** (nous en **relations** hier encore dans la presse). Donc, il **convient** que les élus **convient** les autorités à affronter les problèmes là où ils **résident**. Un **résident** confirme : si nous **intentions** un procès, nos **intentions** seraient louées puisqu'elles **coïncident** avec le désir (**coïncident** à la venue du pape) de démanteler cette mafia. Que nous **transitions** par Rome s'impose donc sans **transitions**. Comment se **fier** à celles qui se **parent** de cornettes, **content** des sornettes et **violent** les lois, et rester un **fier** citoyen, voire **parent** adoptif et **content** de l'être, mais non **violent** ?

Glaire et glu

Les promenades à travers les dictionnaires les plus courants réservent bien des surprises.

Arrêtons-nous par exemple à la page 785 du *Petit Robert* (édition de 1967); on y découvre, entre autres, les mots suivants :

glabelle
(espace compris entre les deux sourcils)

glabre
(dépourvu de poils)

glace, glacer, glaçon...

Avec glabre, glace et glabelle, nous sommes dans une certaine nudité, qui n'a rien de repoussant en soi. Mais ensuite nous découvrons :

glaire

glaise

glande

glapir

glas
(sonnerie annonçant des obsèques)

glauque
(au sens originel de verdâtre, et qui signifie souvent aujourd'hui « trouble »)

glèbe
(sol cultivé)

gléchome (ou **glécome**)
(plante à tiges rampantes)

gliome
(tumeur d'un organe nerveux)

globuleux

glouton

glu

et...

glui !

On pourra s'étonner qu'à ce **GL** soient attachés tant de mots négatifs, ou du moins de mauvais aloi.

Seul mot positif, ou presque, dans cette région du dictionnaire : la **gloire** ! mais qui rejoint bien souvent la... **gloriole** !

Hannetons et Asniérois

Tout le monde sait que les habitants de Paris sont les *Parisiens*, comme ceux de Marseille les *Marseillais*.

Mais ces gentilés ne sont pas toujours aussi simples. Les *Hannetons* sont les habitants d'Asnières (dans le Cher); mais ceux d'Asnières (dans les Hauts-de-Seine, rendus célèbres par un sketch de Fernand Reynaud) sont les… *Asniérois*.

En d'autres villes, deux noms sont possibles: *Baralbins* ou *Barsuraubois* (Bar-sur-Aube), *Drouais* ou *Durocasses* (Dreux), *Ribeaupierrots* et *Ribeaupierrettes* (Ribeauvillé).

Ceux de…	se nomment les:
Agde	**Agathois**
Aire-sur-l'Adour	**Aturins**
Aix-en-Provence	**Aquisextains**
Alben	**Albanais**
Baccarat	**Bachamois**
Balzac	**Balzatois**
Bayeux	**Bajocasses**
Beaujeu	**Beaujolais**

Ceux de…	se nomment les :
Beaupreau	**Bellopratains**
Besançon	**Bisontins**
Bézier	**Bitterois**
Biarritz	**Biarrots**
Bourges	**Berruyers**

Mais comment appelle-t-on ceux de… ?

Cahors
   Castelnaudary
        Chamonix
                Charleville-Mézières
           Château-Thierry
     Corseul
    Créteil
Crocq
   Eauze
      Épernon
        Erquy
            Étables-sur-Mer
       Firminy
     Gagny
   Joué-l'Abbé
L'Aigle
   La Loupe
      Lèves
          Lisieux
         Luchon
            Millau

                        Montay
                    Montélimar
            Neuilly-sur-Marne
Pamiers
        Paray-le-Monial
                Le Plessis-Robinson
                        Poil
                            Poilcourt
                        Pont-Bellanger
                Le Puy
                        Le Quesnoy
                                Rodez
            Saint-Amand-les-Eaux
            Saint-André-les-Vergers
Saint-Denis
        Saint-Hippolyte-du-Fort
                Saint-Laurent-Blangy
                        Saint-Omer
                    Saint-Souplet
            Saint-Yrieix-la-Perche
Tain-l'Hermitage
                Tartas
                        Uchizy
                            Ville-aux-Dames
                Villedieu-les-Poêles
Villefranche-sur-Saône...

Réponses pages 169 et 170.

Heureux habitants, en tout cas, que ceux de toutes ces communes, car ils ont un nom ! D'autres en effet sont moins bien lotis.

Ainsi, le 25 août 1998, le journal *Ouest-France* nous apprenait que « les 276 habitants de Béthon n'ont pas de nom » ! Et le journaliste d'expliquer : « Des six Béthon, Béton ou Betton qui existent en France, ils sont les seuls à ne pas avoir de nom. Béthoniers, Bétonnais, Béthonois ou pourquoi pas Béthoneurs et Béthoneuses (!), le choix est pourtant vaste. » Mais, comme le précise le premier adjoint au maire, « il n'y a pas d'archives dans ce domaine sur notre village, donc rien d'officiel ».

Dans ce village de la Sarthe, dont le nom vient de *bétu* (bouleau), les habitants ont décidé de s'appeler *Béthonais*.

Un hépatite, oui !
Une hépatite, non !

Comme la trace de dominations anciennes, le masculin, dans notre langue, semble bien souvent l'emporter sur le féminin. On dit (jusqu'à une réforme radicale ?) : *C'est une professeur de français... Le ministre de la Justice, Mme Unetelle...* ou encore, lorsqu'il s'agit d'accorder un adjectif ou un participe à des substantifs de genre différent : *Les carpes et les brochets que nous avons pris...*

Cependant, il y aurait une sorte d'égalité entre les mots, quand ils existent et au masculin et au féminin, avec un sens différent selon leur genre.

Nous avons écarté de cette liste les mots qui ont une origine commune : *aide, cache, critique, garde, loutre, œuvre, voile,* etc. dont les sens différents sont aussitôt reconnaissables.

	FÉMININ	MASCULIN
ANGE	poisson de mer	être spirituel
ARIA	mélodie	tracas
AUNE	mesure	arbre

	FÉMININ	MASCULIN
BARBE	poils des joues	cheval
BARDE	tranche de lard	poète celtique
BERCE	plante ombellifère	petit oiseau des bois
BUGLE	plante	instrument de musique
CARPE	poisson	os du bras
CARTOUCHE	munition	ornement sculpté
COCHE	truie	entaille
CORNETTE	coiffure ou salade	officier de cavalerie
COUPLE	deux choses de même espèce	union volontaire
CRÊPE	pâtisserie	étoffe
DORIS	mollusque sans coquille	embarcation
DRILLE	outil à forer	joyeux soudard
ENSEIGNE	indication de commerce	officier de marine

Et que signifient encore, au féminin et au masculin, les mots suivants ?

> Épigramme
> Escarpe
> Espace
> Faune
> Finale
> Foudre
> Geste
> Gîte
> Givre
> Greffe
> Gueule(s)
> Guide
> Hépatite
> Hymne
> Masque
> Merci
> Office
> Ombre
> Période
> Réclame
> Solde

Réponses pages 170 et 171.

Il peint des pins sur des pains

L'homonymie, très fréquente en français, signale les écarts existant entre l'oral et l'écrit.

Ainsi, le son « un », dont Marina Yaguello rappelle (dans ses *Histoires de Lettres*) qu'il peut s'écrire de vingt-quatre manières différentes !

- *aim* (faim), *ain* (sain), *ainc* (convainc), *aim* (essaim), *aint* (saint)

- *ein* (sein), *eing* (seing), *eint* (ceint), *ien* (rien), *ient* (retient), *eun* (jeun), *eung* (Meung-sur-Loire)

- *hein* (hein), *hun* (Hun)

- *im* (imbécile), *in* (vin), *inct* (instinct), *ing* (poing), *ingt* (vingt), *int* (vint)

- *um* (parfum), *un* (un)

- *ym* (thym), *yn* (synthèse)…

Ce qui peut apparaître comme un douloureux casse-tête aux réfractaires à l'orthographe se révèle être aussi une réserve somptueuse de jeux de mots.

Les écrivains comme les humoristes ne s'en privent pas.

On commença par faire cuire dans des cuirs et des peaux qui sont devenus des pots.
Jean-Pierre Brisset

Les mûres sont mûres le long des murs.
Robert Desnos

J'ai consulté deux médecins. Le premier veut m'envoyer à Pau pour une maladie de foie, et le second à Foix pour une maladie de peau.
Francis Blanche

À la suite de ces glorieux aînés, le lecteur pourra s'amuser à fabriquer ses propres phrases en utilisant certains des homonymes suivants :

aine, Aisne, haine

air, aire, ère, erre, ers, haire, hère

alêne, allène, haleine

arrhes, art, hart

bai, baie, bey

bailler, bâiller, bayer

balai, balais, ballet

bah, bas, bat, bât

baux, beau, bot

ceint, sain, saint, seing, sein, cinq

cène, saine, scène, Seine

cent, sang, sans

cerf, serre, sert

cet, sept, set, Sète

chair, chaire, cher, chère

chas, chat, shah

chaud, chaux, show

cou, coup, coût

cour, courre, cours, court

fais, fait, faix

faîte, faites, fête

foi, foie, fois

fond, fonds, fonts

for, fors, fort

geai, jais, jet

hein, hun, un

heur, heure, heurt

la, là, lacs, las

lai, lais, laid, lait, laie, laye

mai, mais, mets

maître, mètre, mettre

mal, mâle, malle

mi, mie, mis, mit

pair, paire, perd, père, pers

Pau, peau, pot

peine, pêne, penne

plain, plaint, plein

poids, pois, poix, pouah

porc, pore, port

puis, puits, puy

ras, rat, raz

saut, sceau, seau, sot

tain, teint, thym, tin

vain, vainc, vin, vingt

vair, ver, verre, vers, vert

vaux, veau, vos

voie, vois, voit, voix

J'aimerais que vous le sussiez

On sait combien le subjonctif imparfait est difficilement utilisable ; non seulement il fait désuet, voire cuistre, mais dans certains cas il est même parfaitement inemployable, pour les sons et les sens équivoques qu'il produit.

Soit dans cette phrase de Diderot : « Il faudrait que vous en *sussiez* de plus longues et de plus agréables ! » où *savoir* vient se confondre avec *sucer*, comme dans celle qui forme le titre de cette rubrique.

Elle se rapproche de cette anecdote rapportée par Claude Gagnière (dans *Pour tout l'or des mots*) : Mme Aubernon, dans son salon littéraire, avait proposé à ses invités le sujet suivant : « Une femme peut-elle être aimée d'un homme sans soupçonner son amour ? » Quand vint son tour, elle fit cette confidence : « Eh bien, moi, quand j'étais toute petite fille, un vieux général m'a aimée deux ans sans que je le *susse* ! »

Considérons encore, afin d'en sourire, les énoncés suivants :

J'aurais souhaité que nous nous **aimassions**, à Sion.

À trop manger de gâteaux, il serait dommage que vous en **pâtissiez** !

En hommage à Pan, il faudrait que je **procréasse**…

Le même phénomène est observable avec le passé simple, de moins en moins usité :

Nous **fûmes** à La Havane…

Lorsque nous nous vîmes, nous nous **plûmes**…

Mais quand vous me parlâtes, vous **m'épatâtes** !

Quelle joie lorsque vous **m'offrîtes** ces pommes de terre !

Enfin, arrêtons-nous sur quelques verbes difficiles d'emploi à certains temps :

Être : qui se confond tout simplement avec *suivre*, à la première personne du présent : « Je **suis** un imbécile ! »

Paître : je **paîtrai** (futur).

Pouvoir : je **pus**, vous **pûtes** (passé simple).

Savoir : « Il faut que vous le **sachiez** » (subjonctif présent).

On sait enfin comment Raymond Devos s'est amusé, dans un sketch, avec le verbe *ouïr*, qui fait **j'ois** au présent et **j'ouïs** au passé simple !

Je beline, tu biscottes, il bricole

Faut-il nous contenter du banal *faire l'amour* ou du trivial *baiser* pour parler de la chose ?

Que nenni !

Pierre Guiraud avait recensé plus de 1 300 mots dans notre langue pour désigner l'acte d'amour. Ce qui laisserait penser que les Français seraient particulièrement portés sur ce sujet...

Voici un petit florilège de jolis mots curieux, et souvent anciens :

ACCOLER

> *N'avez-vous pas honte d'accoler ainsi votre femme devant tout le monde ?*
> D'Ouville, XVIIIe siècle

BAGUER

> *Du chevalier s'est accusée, qui comme l'autre l'avait bien baguée.*
> Cent nouvelles nouvelles, XVe siècle

BELINER (de *belin*, le bélier)

Il belina par un jour la tierce partie du monde.
Rabelais

BISCOTTER

Il aimait mieux dépuceler cent filles que biscotter une veuve.
Rabelais

BLUTER (qui signifie secouer)

Elle n'enrage que de bluter.
XVe siècle

BRICOLER

Cinq ou six se trouvaient pour la bricoler.
Béroalde de Verville, XVIe siècle

CARILLONNER

Il carillonne à double carillon de couillons.
Rabelais

CONNILLER

Connillant de jour dans les draps.
Ronsard

ÉCOUVILLONNER

On ne fait avec elle que charger, tirer, écouvillonner, recharger, décharger.
Nerciat, XVIIIe siècle

FATROUILLER

Quand il l'eut fatrouillée longtemps...
XVe siècle

GIMBRETTER

Celui que je voyais, complaisant à l'extrême,
À me bien gimbretter mettait son bonheur même.
Théâtre du Bordel

HAILLONNER

Elle disait qu'un moine l'avait haillonnée.
Béroalde de Verville

HOUBLER

Si elle était plus souvent houblée
Elle reluirait comme une image.
XVIe siècle

ROUSSINER

J'ai parlé des vieilles dames qui aiment à roussiner.
Brantôme, XVIe siècle

SABOULER

Les laquais de cour, par les degrés entre les huis,
saboulaient sa femme à plaisir.
Rabelais

Et encore…

acclamper, accoupaudir, anhaster (XVIe siècle, de hast, *la broche*), *arieter* (*du latin* aries, *bélier*)

beluter (XVIe siècle, de bluter, *secouer*), *biquer, bobeliner, brisgoutter, brodequiner, brosser*

caqueter, cauquer, chenailler, coquer, corber

deshouser

embriconner, enchtiver, enfifrer, entoiser, envoiser

fanfrelucher, fringoter

galler

habeloter, harigoter, hoder, hoguiner, hourdebiller, hubir, hurtibiller

jocqueter

margauder, marjoler

quouailler

raccointer

tantarer, tigner, tréper

romboler

vervignoler.

On l'aura compris : d'une certaine manière, *tous* les verbes seraient utilisables…

Lacarry-Arhan-Charritte-de-Haut-Lacassagne !

J'ai toujours plaisir à découvrir des noms étranges, à mes yeux ou à mes oreilles, les *toponymes* en particulier, sur une carte ou lors d'un voyage, sans chercher nécessairement à en savoir plus quant aux communes elles-mêmes ou à l'origine de leur appellation.

Certains noms de lieux m'enchantent, même lorsque ne s'y accroche aucun référent précis (un souvenir personnel ou une renommée touristique), mais qu'ils ne sont que des énigmes douces, de légères fulgurances musicales, humoristiques ou charmantes, des vibrations poétiques, dont le chatoiement est à l'image de la richesse de notre géographie.

En voici, de manière désordonnée – telle une mouche qui zigzaguerait sur une vaste carte – quelques pépites qui s'offrent comme autant d'invitations au voyage.

Saint-Cirq-Lapopie, Bourbon-l'Archambault, Luz-Hardiden, Saint-Vaast-la-Hougue, Bourgoin-Jallieu, Laval (joli palindrome), Locronan, Bellême, Gif-sur-Yvette (quelle était donc cette

Yvette?), Laguiole («layole»), Houlgate, La Ferté-Macé, Landivisiau, Baume-les-Dames (et les Messieurs!), La Roche-Posay, Hazebrouck, Argelès-Gazost, L'Isle-Adam, Le Paradou (un doux paradis?), Rouperroux-le-Coquet, Bourbon-Lancy, Saint-Avit (et Saint-Agrève, Saint-Affrique, Sainte-Adresse), Lamalou-les-Bains, Pont-Saint-Esprit, Villersexel, Le Chambon-sur-Lignon (jolie rime intérieure), Cordes-sur-Ciel, Lectoure, Amboise, Anduze, Ambronay, Irancy, Firminy (joli nom pour une ville assez moche), Locqmariaquer («qué» ou «querre»), Amélie-les-Bains, Semblançay (ce nom amusait Clément Marot), Aiguebelle, Dammarie-les-Lys, Pervenchères, Cazaux-Fréchet-Anéran-Camors (rien que ça!), Ciboure, Libourne, Labastide-Castel-Amouroux, Bains-les-Bains (ils ont fait dans la facilité!), Coutances, Aisy-Jouy, Baïse-Derrière ou Grande-Baïse (ne pas oublier le tréma!), Douarnenez, La Barre-Peinte, Écouboulain, Viols-le-Fort, Ecquedecques (Perec l'a-t-il cité dans son roman *Les Revenentes*, où la seule voyelle utilisée est le «e»?), Mimizan, Maspie-Lalonquère-Juillac, Espelette, Sexfontaines, Vassivières, Bassussarry, Maresquel-Ecquemicourt, Crèvecœur-le-Grand (et le-Petit), Bourgougnague, Adam-les-Passavant (cinq «a»), Navacelles, Belbèze-en-Comminges, Gratibus, Miraucourt-le-Mesnil-lès-Hurlus, Le Lion-Vert, Anglesqueville-le-Bras-Long, Bizou, Bricquebec, Épagne-Épagnette, Ohé, Ollé, Oyé, Pietraserana, Baudignécourt, Notre-Dame-des-Cyclistes,

Hagondange, Beaumes-de-Venise, Aventignan, Château-Farine (et Château-Fromage), La Bourgeoisière, Dizimieu, Tout-y-Faut, Autremencourt, Sucé-sur-Erdre, La Queue-de-Merluche, La Chignolette, Campistrous, Bruges-Capbis-Mifaget, Villethierry, Bergères-lès-Vertus, enfin, un record peu utilisable en langage SMS : Lacarry-Arhan-Charritte-de-Haut-Lacassagne !

Il est encore d'autres toponymes qui me retiennent et me surprennent : des noms communs (de communes !) aux résonances amusantes, séduisantes ou déplaisantes, parfois même sinistres…

Ainsi, me plairait-il de savoir à quoi ressemblent les communes suivantes : L'Alouette, Autruche, La Baleine, Les Genettes, Mouettes, L'Oie, La Pie, Poisson, Le Rat, Les Thons…

Et, pourquoi pas, faire un détour par : Athée, Avion, Automne, Avril, Gland, Hommes, La Lune, Montfroc, Orgueil, Pardon, Perles, Poil, La Table, Talon, Toutlemonde…

Puis je rejoindrais, par curiosité (et par intérêt !) : Abondance, Cher (et Chère), Gain, Monnaie, Rentières, Riche, Les Ventes…

Pour aller ensuite, sans barguigner, jusqu'à : Ciel (et Cieux), Confort, La Fête, Joyeuse, Liesse, La Rose (et Les Roses), La Trique, Pierre écrite (et Publier), Sainte-Verge, Signes, Sorbets…

Et avec plus de joie encore à : Aime, Ardentes, Celle-du-Haut (et Celle-du-Bas), Charmes, Les Chéris, Ève, Félines, Monplaisir, La Mouille, Monte, Nuits, La Passe, Plaisir, Le Paradis !

Mais je serais très réticent pour : Aucun, Bourré, Cintré, La Crotte, La Croûte, Facture, Juré, Jury, Pauvre, Le Péage, Plurien, Tiercé, Tonnerre, Trécon, Trimer, Viré...

Et incapable de me rendre (et encore moins d'habiter) à : Vieux, Lhôpital, La Morte, Port-Mort, Deuil-la-Barre, Pleurs, Fosse, et... Le Cercueil !

Enfin, chers aux cruciverbistes, m'amusent les quelques noms de communes formés seulement de deux lettres. J'imagine ce qu'aurait pu dire Alphonse Allais à propos de leurs premiers habitants, créateurs de ces noms : « Ceux-là, ils ne se sont pas foulés ! »

Il s'agit de : Ay, Bû, By, Er, Eu, Fa, Gy, Oô, Oz, Le Pû, Py, Ré, Ri, Ry, Ur...

Le lapin bouquine

L'expression « faire la bête à deux dos » rappelle familièrement à l'être humain que si *faire l'amour* lui est propre, il *s'accouple* comme tous les animaux. Voyons justement quelles tournures particulières sont employées pour désigner l'accouplement chez ces derniers :

L'ânesse **baudouine** (avec le baudet bien sûr).

Le bouc **bique** la chèvre.

La brebis **béline** quand on l'**hurtebille** avec un bélier qui, lui, **lutte**.

Chevaux, bœufs, ânes, porcs, et aussi le taureau, font la **monte** ou la **saillie**.

Chien et chienne *se lient* ou **chenaillent**; la chienne, plus particulièrement, **jumelle**, et le chien **mâtine**, s'il se reproduit avec une chienne de race différente.

La jument **assortit**.

L'oie domestique **jargaude** (du nom du mâle, le jars).

L'oiseau *côche* sa femelle.

Les pigeons, les tourterelles *s'apparient*.

Les poissons *fraient*.

Les vivipares *couvrent*.

Enfin, l'étalon peut *servir* de multiples compagnes… Le Douanier Rousseau se considère sans doute comme tel lorsque, à l'âge de 66 ans, il écrit à une certaine Eugénie-Léonie qui refuse ses avances : « Unissons-nous, et tu verras si je suis incapable de te *servir* » !

Quant à la *levrette*, ne nous méprenons pas, il s'agit là de la femelle du lévrier, et *levretter* consiste seulement pour la hase (la femelle du lièvre) à mettre bas.

Si les mots qui désignent l'accouplement chez les animaux sont précisément définis – et même uniques – pour chaque famille, il en va tout différemment pour « l'animal humain », le seul aussi à pratiquer l'amour en tous lieux et en toutes saisons…

Legay, Le Gay, Le Guay, Le Gai…

L'*adultérisme* ne vise pas l'infidélité conjugale, mais le fait de mal orthographier un nom propre. Certains s'y prêtent à l'envi.

Voici par exemple ce que j'ai pu lire sur des enveloppes qui m'étaient adressées : *Legay*, *Le Gay*, *Le Guay*, *Leguai*, *Leguais*, *Leguey*, *Leguet*, *Legeay* (qui n'est plus un homophone) ; et même encore : *Gay* (sans autre forme de procès !) et *Legnay* (ce qui n'était guère sympathique !).

Révélant des chausse-trappes (ou chausse-trapes !) de notre langue, bien des noms propres nous font hésiter quand ils sont au bout de nos doigts. Ainsi écrit-on Jules Verne, mais Henri Vernes, l'auteur de la série Bob Morane.

Arrêtons-nous sur d'autres orthographes délicates, à travers des couples d'artistes, des auteurs pour l'essentiel.

François de La Rochefoucauld, Michel Foucault.
Julien Green, Graham Greene.
Robert Lafont (géographe et historien), Robert Laffont, Michel Lafon (tous les deux éditeurs).

Alain Nadaud, Maurice Nadeau.

Paul Valéry, Valery Larbaud.

Pierre-Augustin Caron de Beaumarchais, Charles Baudelaire.

Mathieu Bénézet, Jean-Luc Benozoglio.

Pierre Louÿs, Loys Masson.

Jean-François Marmontelle, Carmontel.

Mathurin Régnier, José Maria de Heredia.

André Pieyre de Mandiargues (« paire »), Roger Peyrefitte.

François-René de Chateaubriand, Alphonse de Châteaubriant (écrivain pronazi justement oublié).

Claude Ollier, René de Solier.

Georges Perec, Benjamin Péret, Jacques Perret.

René-Charles Guilbert de Pixerécourt, Étienne Pivert de Senancour.

Jacques Roubaud, Jean Roudaut.

Jean Starobinski, Pierre Alechinsky.

André Frédérique, Henri Meschonnic.

Henri Calet, André Hardellet.

François de Malherbe, Chrétien Guillaume de Malesherbes.

Daniel Boulanger, Jacques Boulenger.

René Lefèvre, Henri Lefèbvre.

Annie Leclerc, Lina Leclercq, Camille Mauclair, Yassu Gauclère (auteur avec Étiemble d'un livre sur Rimbaud). Et notons en passant l'ambiguïté du prénom Camille, quant au genre, comme Dominique, Stéphane, Claude…

Théodore de Banville, Charles Leconte de Lisle, Villiers de l'Isle-Adam, Georges Dumézil.

Jean Genet, Louis-René Des Forêts.
Théophile Gautier, Xavière Gauthier.
Béatrix Beck, Michel Houellebecq, Esparbec.
Clément Marot, Charles Perrault, André Malraux, Marcel Moreau.

Enfin, amusons-nous du fait que les linguistes Brunot et Bruneau se soient réunis, dans l'homophonie, l'amitié et l'érudition, pour nous offrir leur magistrale *Histoire de la langue française*.

Heureusement, certains écrivains, dont les noms sont des « homonymes homographes », dispensent de ce genre de souci, surtout quand leur nom est simple à orthographier. Ce sont par exemple :
Jean et Jean-Claude Carrière
Georges et Michel Bataille
Albert et Renaud Camus
Patrick et Philippe Besson
Yves et Claude Bonnefoy
Maurice et Denis Roche
Claude et Jules Roy
Paul et Philippe Claudel
Dominique et Gabrielle Rolin…

Mais ces similitudes entre deux patronymes ne signifient pas que les œuvres de ces « doubles » aient les moindres affinités !

Machin, truc, chose

On estime que la langue française, depuis ses origines, est riche d'un million de mots, si l'on compte les termes techniques, les mots oubliés, les néologismes… À titre de comparaison, le célèbre Petit Robert en présente 60 000. Certes, il nous en faut beaucoup moins pour nos échanges quotidiens. L'ellipse même parfois suffit ; ainsi quand, lors d'un repas, on fait un geste du doigt en disant : « Passe-moi le… » À tel point que nous pourrions sans doute nous contenter de quelques *mots-jokers* qui, selon les circonstances, revêtiraient tel ou tel sens.

Bien placé ici est le verbe « faire », dont Littré, au XIXe siècle, relevait 83 acceptions ! Et puis, ce sont les « machin », « truc », « chose », « bidule », que l'on peut quasiment placer en toute occasion.

Toujours à l'écoute des mots, Serge Gainsbourg en avait fait une amusante chanson (« Machins choses »), dont voici les premières lignes :

Avec machine
Moi machin

> *On s'dit des choses*
> *Des machins,*
> *Oh pas grand-chose*
> *Des trucs comme ça*
> *Entre machine*
> *Et moi machin,*
> *C'est autre chose*
> *Ces machins,*
> *Ça la rend chose*
> *Tout ça*
> *Ce sont des trucs*
> *Qui n's'expliquent pas*
> *Ces jolies choses*
> *Qu'on s'dit tout bas*

De manière assez proche, le cinéaste Bruno Podalydès s'amuse à placer dans la bouche de ses personnages des mots inventés – *glaviole* et *péton* – qui désignent un vague objet métallique, et n'ont d'autre sens que « machin, truc, bidule ». Par exemple, dans *Liberté-Oléron* (2001) : « Sergio ! C'est quoi ta glaviole ? Qu'est-ce qu'elle fout là ? C'est celle du père Bouchard, non ? »

Mais celui qui a montré à quel point la langue pouvait être réduite à sa plus simple expression est Peyo, avec ses célèbres Schtroumpfs. Chez eux, les substantifs sont remplacés par le mot *schtroumpf* et les verbes par *schtroumpfer*.

Le tour est joué, et ça marche !

Enfin, jusqu'à un certain point...

Ainsi, dans *Le Pays maudit*, Johan et Pirlouit apprennent que leur ennemi dispose d'*un schtroumpf qui schtroumpfe du schtroumpf* !

On ne voit pas d'emblée qu'il s'agit d'un dragon qui crache du feu !

Madame Catin, Monsieur Salaud

Les noms de famille, on le sait, viennent de noms communs (substantifs ou adjectifs).

Cette origine est encore tout à fait lisible dans des noms comme Dupont, Leforestier, Legrand…

On s'amuse par ailleurs de ce qu'on nomme aujourd'hui les *aptonymes* – soit les noms de famille correspondant à l'activité de ceux qui les portent. Mme **Barbier**, coiffeuse; M. **Bondroit**, huissier; M. **Brûlé**, vendeur d'extincteurs; M. **Coquille**, ouvrier typographique; M. **Foux**, psychiatre; M. **Gras**, boucher; M. **Louchez**, opticien; M. **Soulié**, marchand de chaussures…

Mais il est d'autres noms plus difficiles à porter.

Un *Atlas des noms de famille en France* (publié en 1999) nous rappelle ainsi que depuis 1891 sont nés 3 707 **Batard**, plus de 800 **Conard**, 678 **Catin**, 483 **Putin**, 377 **Salope**, et 100 **Grenouille** – certains d'entre eux l'ayant fait changer en **Delétang** !

Ce sont encore les **Cocu, Cornichon, Couillard, Crétin, Hanus, Jolicon, Lecul, Merdier, Pet, Pine, Queuelevée, Saucisse**… On n'ose imaginer ce que faisaient leurs ancêtres !

Enfin, plus curieusement encore, il existe des **B**, **M**, **O** et **X**, ainsi que des **Jxxx** ! (Nom donné à un enfant trouvé sur le parvis de Notre-Dame sous la Révolution.)

Marchand d'ail

L'origine de nombreux mots de notre langue est aujourd'hui clairement établie par la plupart des dictionnaires étymologiques. Certains termes toutefois échappent à toutes les analyses, comme *amphigouri*, dont les racines restent inextricables… ou encore *caniveau*.

D'autres encore ne manquent pas de surprendre. Ainsi le mot *chandail*, abréviation populaire (*'chand d'ail*) de « marchand d'ail », vendeur aux Halles (au XIXe siècle), qui affectionnait particulièrement le tricot ainsi baptisé.

Tout aussi curieuses pourront paraître les origines des mots qui suivent, et qui nous semblent pourtant familiers.

Le latin *angustia*, désignait un « lieu resserré », d'où le sens figuré de « gêne éprouvée », que l'on retrouve dans le terme **angoisse**, lorsqu'on a la « gorge serrée ».

L'**assassin** a pour ancêtre l'arabe *hachichiya*, « buveur de haschisch », surnom donné aux fidèles du Vieux de la montagne, chef d'une secte au XIe siècle.

Baragouin viendrait du breton *bara gwin* (pain (et) vin), mots avec lesquels on demandait l'hospitalité dans les auberges, et qui n'étaient pas toujours bien compris.

Le **beignet** vient de la *beigne*, la « bosse sur la tête provenant d'un coup » et est ainsi appelé pour sa forme ronde et gonflée.

Benêt et **béni** ne font qu'un, le sens de « niais » étant dû à une allusion amusante au passage de l'Évangile selon Matthieu : « Heureux les pauvres d'esprit… »

Prendre une **biture**, c'était, avant de s'enivrer, « prendre une longueur de câble suffisante » pour les marins (de *bitte*, la borne qui sert à amarrer), soit, par extension « s'en donner tout son soûl ».

Le **boucher** était autrefois celui qui tuait le « bouc » et vendait sa viande, et le **charcutier**, de la « chair cuite ».

Le terme **boulimie** est issu du grec *boulimia*, littéralement « faim de bœuf ».

Caracoler est emprunté à l'espagnol *caracol* : limaçon. Mais alors, quel est le rapport ? Simplement le mouvement du cheval qui caracole, par comparaison avec les spirales de la coquille de l'escargot !

Chenille vient du latin *canicula* : petite chienne. D'après les similitudes que présentent les têtes des deux animaux susnommés.

Chômer, du latin de basse époque *caumare*, c'est-à-dire « se reposer pendant la chaleur ».

Le **coquelicot** doit son nom au cri du *coq*, sa couleur renvoyant elle-même à celle de la crête de l'animal !

La **crevette** est une « chevrette », à cause des sauts qu'elle fait. On retrouve la même idée avec le **bouquet**, autre variété de la crevette, qui est un « petit bouc ».

Le **domino**, au XVIe siècle, est une courte pèlerine noire porté par les prêtres en hiver, par-dessus la soutane. Le jeu aurait été ainsi nommé au XVIIIe siècle à cause de l'envers noir des célèbres petites plaques…

Les **douves**, nommées ainsi car leurs eaux stagnantes constituent un milieu propice au développement de la « douve », ce ver qu'on trouve dans le foie du mouton.

L'**édredon** est constitué du duvet de l'*eider*, ce grand canard septentrional.

Épaté est, à l'origine, celui qui a la « patte » écrasée ou cassée.

Dans le même genre, le latin populaire *extonare*, de *tonus* (tonnerre), a donné **étonné**, autrement dit « qui est frappé par la foudre » !

L'adjectif **fou** vient du latin *follis*, qui désigne un sac, un ballon. Le mouvement d'une personne folle aurait été comparé à celui d'un ballon gonflé d'air. C'est fou, non ?

La **grève**, c'est à l'origine la *grave*, c'est-à-dire le sable, le gravier. D'où le nom de la place de Grève, à Paris, où se réunissaient les ouvriers sans travail. Et d'où l'expression... faire grève.

Ce qui est **impeccable**, au sens propre, c'est ce qui ne constitue pas un péché (du latin religieux *impeccabilis*).

Lapin remonterait au radical « lappa » (pierre plate), ces animaux établissant souvent leurs terriers en des espaces où la terre est couverte de pierres.

Lavabo est issu d'une formule latine, *Lavabo inter innocentes manus meas*, littéralement : « Je laverai mes mains au milieu des innocents », prononcée par le prêtre après l'offertoire.

La **mappemonde** est souvent dite « nappe-monde ». Erreur bien pardonnable quand on sait que le latin *mappa mundi*, dont est tiré le mot, signifie « nappe du monde » !

Matelot vient du néerlandais *mattenoot*, proprement « compagnon de couche ». Il y avait en effet jadis un seul hamac pour deux matelots, l'un étant toujours en service.

Le **mégot** vient du tourangeau *mégauder*, qui signifie « sucer le lait d'une femme enceinte », en parlant du nourrisson bien sûr. Comme le fumeur qui tire les dernières bouffées d'un bout de cigarette ou de cigare…

Requin était écrit *requiem* au XVIIe siècle, ce qui se justifiait par le fait qu'on peut faire chanter le requiem (chant pour les morts) lorsqu'un homme est happé par la mâchoire redoutable d'un requin !

Rhum est un emprunt de l'anglais *rumbullion* qui signifie « grand tumulte ». En effet, cette liqueur était réputée pour provoquer des bagarres, après boire.

Scrupule vient du latin *scrupulus* qui désigne un « petit caillou », d'où l'idée de l'inquiétude de la conscience sur un point minutieux.

Tante serait une contraction de *ta ante*, « ante » provenant du latin *amita* désignant la tante du côté du père.

La **virgule** est issue du latin *virgula*, qui signifie « petite verge ».

Enfin, le **voyou** est celui qui court la *via* (mot latin signifiant la voie, la route), donc celui qui court les rues.

Mes étoiles au ciel
avaient un doux frou-frou

Sous les auspices de Rimbaud, auquel nous empruntons ce très beau vers, offrons-nous, comme des enfants, une petite récréation. Et arrêtons-nous sur ces mots légers comme des bulles de savon, formés par le redoublement d'une consonne.

« Caca, pipi, papa »… C'est à peu près avec ces mots que nous entrons dans notre langue, quand nous commençons à parler. Et puis d'autres suivent : « bobo, dada, dodo, joujou, mémé, tata, tonton, zizi »… Plaisir musical d'abord à répéter certains sons, comme une balle qu'un enfant ne se lasse pas de lancer.

Si plusieurs d'entre eux désignent des choses agréables – *bonbon, froufrou, joujou, yoyo* –, d'autres sont pour le moins péjoratifs (mais sans agressivité) : *blabla, bouiboui* (café ou restaurant médiocre), *cancan, chichi, cracra, crincrin* (mauvais violon), *cucu, dondon, flonflon, foufou, gaga, gnangnan, gogo, jaja* (mauvais vin), *loulou, neuneu, zinzin, zozo*…

Et quelques autres, pour finir : *agar-agar* (ou gélose), *aye-aye* (mammifère arboricole de

Madagascar), *baba*, *bébé*, *béribéri* (maladie), *bibi*, *bobo* (le « bourgeois bohème »), *boubou*, *chouchou*, *coco*, *coucou*, *couin-couin*, *couscous*, *cui-cui*, *dada* (joliment polysémique), *dare-dare*, *doudou*, *gîte-gîte* (jarret de veau), *glinglin* (seulement dans l'expression « à la saint-glinglin »), *glouglou*, *grigri*, *jojo*, *kiki*, *kif-kif*, *lolo*, *mémé*, *miam-miam*, *mimi*, *nana*, *pépé*, *pilpil* (blé biologique complet), *pili-pili* (piment rouge), *piou-piou*, *pouet-pouet*, *quinquin* (enfant, en ch'ti), *ronron*, *tata*, *tam-tam*, *tchin-tchin*, *teuf-teuf*, *titi*, *tintin*, *toc-toc*, *tonton*, *toto*, *toutou*, *traintrain*, *tsé-tsé*, *tutu*, *yéyé*, *zizi*…
Sans oublier *bling-bling* !

Il est assez facile d'inventer de nouveaux mots selon ce procédé. On pourra suivre l'exemple de Léon-Paul Fargue, poète injustement délaissé, avec sa « Chanson du chat », dans laquelle il imite le langage enfantin : *C'est un ti blanc-blanc – C'est un ti blo-blo*.

Montinette, cibale et bouiron

Arrêtons-nous de nouveau chez nos amies les bêtes.

Après le moment de l'accouplement (voir ici la rubrique « Le Lapin bouquine ») vient celui de la mise bas et de la venue du « cher petit ».

Il est clair pour nous tous que l'aiglon est le petit de l'aigle, le chaton celui du chat, le lapereau celui du lapin, l'ourson celui de l'ours. Mais d'autres noms sont pour le moins énigmatiques.

Qui sont donc le *bouiron*, la *cibale* et la *montinette* ? Ces trois mots, ainsi que *civelle*, désignent le petit de l'anguille.

Et sauriez-vous retrouver les parents des bébés suivants ?

le *bécau*
le *béjaune*
le *billâtre* (quand il a deux ans), le *ragot* (jusqu'à trois), et le *quartan* (lorsqu'il en a quatre)
le *brocard* (quand il a un an), le *paumier* (quand il en a cinq)
le *broutard* ou le *bourret*

le *grianneau*
le *halbran* ou le *moraton*
la *lisette*
le *man* ou la *mordette*
le *nourrain*
le *poignard*, le *lanceron* ou le *sifflet*
le *pouillard*
le *tacon*, ou *smolt*, ou *parr*, ou *samlet*
la *vacive* ou le *vassiveau*

Réponses page 172.

Nos ancêtres les Romains

J'ouvre au hasard le fameux *Dictionnaire étymologique de la langue française*, de Bloch et von Wartburg, aux pages 334-335. De « impudent » à « incunable » sont présentés soixante-cinq mots. Trois viennent de l'italien (« incartade », « incarnat » et « incognito », ce dernier emprunté d'ailleurs aux Romains), et les soixante-deux autres du latin !

Quelques exemples : « incarcération » vient de *carcere*, la prison ; « inceste », de *incestus*, impur ; « inculper », de *culpa*, la faute ; « incunable » (mot désignant les premiers livres imprimés), de *incunabula*, le berceau. Bien sûr, en d'autres pages, le latin n'occuperait pas une place aussi dominante.

La meilleure preuve de cette imprégnation très forte dans notre langue nous est donnée par les mots littéralement repris du latin (à l'accent près, parfois) : *spécimen, album, ultra, podium, agenda, super, déficit, junior, critérium, prospectus, aléa, nec plus ultra, mémento, minimum, mea-culpa, duplex, intérim, ultimatum, sponsor, lavabo, référendum, alibi, malus, aquarium, villa*, et cætera !

Qu'on le regrette ou non, très peu de mots gaulois nous sont restés : moins de cent, dont beaucoup sont inusités aujourd'hui : braies, bran, breuil, cervoize (la *cerveza* espagnole !), javelle, landier, mègue, saie, etc.

Voici, pour l'essentiel, ceux que nous employons encore (mais pas tous les jours !) :

Alouette, *balai*, *bec*, *bercer*, *boue*, *bouleau*, *bourbier*, *brasser*, *briser*, *bruyère*, *changer*, *charpente*, *charrue*, *chemin*, *chêne*, *cloche*, *craindre*, *dune*, *galet*, *glaise*, *jarret*, *lande*, *mouton*, *orteil*, *sapin*, *talus*, *tanière*.

Des mots, pour l'essentiel, liés à la campagne et à l'agriculture. On se consolera en lisant les aventures d'*Astérix* ou en pensant au plus célèbre général français !

Nous n'avons fait que bavardiner

Cette phrase de Mme de Sévigné nous offre un joli mot, absent de nos dictionnaires actuels ; il n'a pourtant pas d'équivalent aujourd'hui ; et nous comprenons aussitôt que la marquise évoque un léger bavardage ; d'ailleurs elle ajoute : « et nous n'avons point causé ».

Des mots naissent, d'autres meurent, ou s'éloignent doucement. Ainsi, qui emploie encore : *élucubration* (sauf le chanteur Antoine voilà quelques décennies !), *tribulation* (souvenir d'un film avec Belmondo, adapté d'un roman de Jules Verne), *interlope* (les « jolies pensées interlopes », chantées par Brassens), *baguenauder* (« Le baguenaudage, voilà à quoi se passe la vie », écrivait Mme d'Épinay), *paltoquet* (titre d'un film avec Michel Piccoli, en 1986), *désamour* (une chanson de Leny Escudero, lui-même un peu obsolète !), *ver-coquin* (un roman de Vian s'intitule : *Vercoquin et le plancton*), *chafouin* (petit individu à l'air sournois), *billebaude* (titre d'un livre d'Henri Vincenot, en 1979), *bisque* (dans l'expression « Bisque,

bisque, rage ! »), *vertigo* (« Prise au bord du calice de vertigo, Alice… », chantait Gainsbourg)…

D'autres nous ont totalement quittés, après un parcours éphémère, parfois. Rappelons, parmi bien d'autres : *blêche, bobillonner, bredi-breda, se bronzer, caliborgnon, chasse-cousin, crapoussin, s'emberlicoquer* (ou *s'emberlucoquer*), *émerillonné, s'encoiffer, galimafrée, lantiponner, lendore, malemort, marrisson, postéromanie, ribon-ribaine, ribote, riotte, ripopée, rocambole, schibboleth, turlutaine, zinzolin*…

On appréciera la musicalité de ces mots ; quant à leur sens, nous invitons le lecteur à rejoindre les pages des « Solutions » (pages 172 et 173), mais après s'être un peu remué les méninges !

J'aimerais voir revenir certains de ces mots oubliés, simplement parce que nombre d'entre eux, n'ayant pas d'homologues dans le français actuel, nous seraient de la plus grande utilité.

Arrêtons-nous simplement sur les suivants :

ABEAUSIR (S') ou BEAUCIR

Devenir beau (en parlant du temps).

ABSTÈME

Qui ne boit pas de vin.

ACÉDIE

Absence de désir, apathie.

AFFOLIR

Devenir fou. « Il mériterait de ne pas périr tout à fait », écrivait déjà Littré…

AMATINER

Faire lever quelqu'un de bon matin.

CHALANDISE

Clientèle d'une boutique. (Rappelons qu'un magasin bien « achalandé » accueille de nombreux clients, mais n'est pas celui qui a beaucoup de produits.)

CROUSTILLER

Manger légèrement.

DÉPAPERASSER

Trier et jeter des papiers.

DÉSHEURER

Déranger dans des habitudes bien réglées ; indiquer une mauvaise heure, en parlant d'une montre.

DÉSULTOIRE

Qui passe d'un sujet à l'autre.

EMBOUQUINER

Remplir de livres.

FRUITION

La jouissance, mais dans un sens plus large que le sens sexuel. Montaigne : « La fruition de la vie. »

MATINEUX

Qui aime à se lever de bon matin.

MUSIQUER

Faire de la musique.

PANTOPHILE

Celui qui aime tout.

SADE

Agréable, gracieux ; c'est le contraire de « maussade ».

Ortografonétic

Réputée difficile et piégeuse, l'orthographe française fait régulièrement l'objet de débats, parfois polémiques, et de propositions de réformes, plus ou moins réalistes. L'affaire n'est pas nouvelle.

Au XVIe siècle, Jacques Pelletier du Mans fut l'un des premiers à vouloir simplifier l'orthographe : « Écrire autrement qu'on ne prononce est comme si on parlait autrement qu'on ne pense. »

Un siècle plus tard, les précieuses (évoquées ici dans une autre rubrique : *Vous m'encendrez…*) auront le même souci, en proposant par exemple de remplacer « sçavoir » par *savoir*, « autheur » par *auteur*, « aisné » par *aîné*, « faicts » par *faits*… Le temps leur a donné raison.

Plus près de nous, Raymond Queneau fut particulièrement sensible à cette distorsion entre le français écrit et le français parlé, deux langues absolument différentes à ses yeux. Il proposa une notation phonétique de ce « néofrançais », qui tenait compte aussi des déformations langagières propres à l'oral courant. Quatre exemples : *Dukipudonktan* (« d'où qu'il pue donc tant ? »), *Polocilacru* (« Paul aussi l'a cru »), *Askondi* (« à ce qu'on dit »), *Skeutadittaleur* (« ce que tu as dit tout à l'heure »).

Ici, le procédé se justifie pleinement, puisqu'il s'agit de syntagmes appartenant à des dialogues familiers, dans des romans de cet auteur, en particulier le plus célèbre d'entre eux : *Zazie dans le métro*.

Observons en passant que se produit aujourd'hui une réforme « sauvage », massive et un peu inquiétante, de l'orthographe et de la syntaxe, à travers les échanges de SMS et de courriels souvent bâclés.

Pourtant, l'orthographe n'est pas qu'un sévère corset ; elle dessine le visage étrange, parfois, et désirable d'un mot. Et puis un mot n'est pas simplement fonctionnel ; il est porteur aussi d'émotions, de couleurs et de vibrations. Pensons aux célèbres « couleurs des voyelles », de Rimbaud : *A noir, E blanc, I rouge, U vert, O bleu...*

Et qu'aurions-nous à gagner par exemple de supprimer l'accent circonflexe, qui permet de faire dans la nuance (valeur ô combien estimable !), en distinguant chasse et châsse, cote et côte, foret et forêt, mater et mâter, matin et mâtin, roder et rôder, rot et rôt, tache et tâche ?

Voilà quelques lustres, j'avais publié une *Petite Géographie poétique*, composée d'alexandrins mnémotechniques, à la manière des trois proposés par Alphonse Allais, pour retenir les départements et leurs chefs-lieux :

Ah! race d'avocats, pour vous pas de cas laids!
Ni soles ni turbots, halles peu maritimes!
Va! lance ton cheval dans le vaste hippodrome!

Le couple rot-rôt m'avait ainsi permis, « allais… grement », de rédiger l'alexandrin suivant :
Rots d'aise après les rôts, le ventre ils l'*avaient rond*!

Toute unification phonétique de notre langue interdirait de manière autoritaire les jeux de mots fondés sur l'homophonie, source immensément riche en français.

Revenons pour finir à ce cher Arthur, avec les deux premiers quatrains d'un poème à mes yeux parmi les plus beaux de notre littérature : « Roman », daté du 29 septembre 1870.

En voici une traduction phonétique, la plus simple possible :

On nai pas sériyeu kan on na diss'ai'tt an.
– In bo soir, fouin dé bok é de la limonad,
Dé kafé tapajeur o lustre zéklatan!
On va sou lé tiyeul vair de la promenad.

Lé tiyeul sante bon dan lai bon soir de juin!
Lair ai parfoi si dou, kon fairme la popiair;
Le van charjé de brui – la vile nai pa louin –
A dé parfin de vinyé dé parfin de biair.

Inutile de dire que, en utilisant l'alphabet phonétique officiel, ce texte serait tout bonnement

illisible. On pourrait par ailleurs imaginer que fût abandonnée, dans la foulée, la ponctuation singulière de Rimbaud...
Je préfère la version *princeps* !

On n'est pas sérieux quand on a dix-sept ans.
— Un beau soir, foin des bocks et de la limonade,
Des cafés tapageurs aux lustres éclatants !
On va sous les tilleuls verts de la promenade.

Les tilleuls sentent bon dans les bons soirs de juin !
L'air est parfois si doux, qu'on ferme la paupière ;
Le vent chargé de bruits — la ville n'est pas loin —
A des parfums de vigne et des parfums de bière.

Outre-Atlantique
et outre-Quiévrain

Si le français n'est plus une langue dominante, il a cependant essaimé avec bonheur dans d'autres contrées. On goûtera en particulier l'usage qui est fait de certains mots, outre-Atlantique et outre-Quiévrain. Le sens là-bas donné à nombre d'entre eux poétise le lexique de manière heureuse.

Pour les Québécois, *s'appareiller*, c'est s'habiller, le *butin* est un tissu, la *chaussette* une pantoufle, le *char* une voiture… Et chez les Wallons, le *dîner* est notre déjeuner (sens qu'avait ce mot chez nous encore au XIXe siècle), le *torchon* est une serpillière et le *pigeonnier* le « poulailler » (au théâtre), la *tirette* une fermeture Éclair… Mais pas d'ostracisme ! Et ne délaissons pas l'Afrique noire, les Antilles et la Suisse romande. Au Zaïre, l'*ambiance* désigne la fête, les *vidanges* sont des bouteilles vides, et un *avocat* un pot-de-vin !

Aux Antilles, le *zouc*, c'est la fête, et *zouquer*, danser. Et en Suisse romande, le *cornet* est un sac en papier, le *foehn* un sèche-cheveux, les *tâches* les devoirs scolaires et le *livret* la table de multiplication.

Que signifient encore, au Québec ?

> la *brassière*
> le *cadran*
> le *carrosse*
> le *cartable*
> la *catin*
> la *charrue*
> les *gosses*
> *être en famille*
> le *postillon*
> la *tabagie*…

Et outre-Quiévrain ?

> *sonner*
> le *bonbon*
> le *calepin*
> le *drap*
> la *fricassée*
> un *pâté*
> une *bouteille*
> *flûter*
> une *poussette*
> un *pistolet*…

Réponses page 174.

N'oublions pas, pour finir, divers mots « goûteux », inconnus chez nous. Au Québec : *boucane* (fumée), *escousse* (moment), *débarbouillette* (gant de toilette), *platte* (ennuyeux)… en Suisse : *panosse* (serpillière), *cheni* (désordre, objet sans valeur), *s'encoubler* (s'empêtrer), *se mettre à la chotte* (à l'abri)... et en Belgique : une *clapette* (une bavarde), *grandiveux* (vaniteux), *bibiche* (mièvre, niais), une *dringuelle* (un pourboire)...

Péril en la demeure

La signification de nombreuses expressions tout à fait courantes est souvent opaque. Aidés par le travail magistral de Claude Duneton (dans *La Puce à l'oreille*), rappelons le sens exact et l'origine de quelques-unes d'entre elles.

Ne pas être dans son assiette. Non, il ne s'agit pas ici de l'assiette ordinaire des repas, mais du sens qu'avait le mot jadis : la situation, la manière d'être posé.

Être dans de beaux draps. Cette expression est une réduction de « beaux draps blancs » ; ainsi chez Molière : « Ah ! coquines que vous êtes ; vous vous mettez dans de beaux draps blancs à ce que je vois ! » Naguère en effet, celui ou celle qui avait commis le « péché de chair » devait faire pénitence en se présentant à l'église vêtu de vêtements blancs (couleur symbolisant la pureté).

Un remède de bonne femme. À partir d'une déformation propre à l'étymologie populaire, *de bonne fame* : de bonne renommée.

Être au bout du rouleau. Le rouleau (ou *role*, jusqu'au XVIIIe siècle), c'est la feuille enroulée qui sert de support à un texte. Le petit rouleau se nommait *rollet*, qui signifiait aussi un rôle secondaire au théâtre. « Un homme est au bout de son rollet, écrit Furetière, quand il ne sait plus que dire, ni que faire en quelque discours qu'il a commencé, en quelque affaire qu'il a entreprise. » Et, par extension, quand « il ne sait plus où trouver de quoi vivre ». Ensuite, au XVIIIe siècle, le rouleau désigne les pièces de monnaie enveloppées dans du papier. *Être au bout de son rouleau*, c'est avoir tout épuisé, moyens ou argent. Un peu plus tard, l'expression a trouvé une nouvelle vigueur avec le rouleau du phonographe d'Edison, mû par un système de ressort.

De but en blanc. Dans l'art militaire d'autrefois, le *but* (ou *butte*) était le lieu d'où l'on tirait (à l'arquebuse ou au canon), et le *blanc* la cible visée.

Le jeu n'en vaut pas la chandelle. Cette expression rappelle le temps où la chandelle était cet objet qui servait à éclairer ; en certains cas, le jeu rapportait moins que le coût de cette précieuse chandelle ! Voltaire, cet hédoniste, déclarait : « Amusez-vous de la vie, il faut jouer avec elle ; et quoique le jeu n'en vaille pas la chandelle, il n'y a pas d'autre parti à prendre. »

Porter le chapeau. L'expression viendrait de la triste époque de l'Inquisition, quand les « hérétiques » étaient envoyés au bûcher coiffés d'une espèce de chapeau conique.

Faire bonne chère. Il s'agit bien ici de victuailles, et peut-être de « chair » ; pourtant l'expression n'a rien à voir, à l'origine, avec le repas. La « bonne chère », c'est la *bonne mine*, le visage épanoui (du latin *cara*, le visage, qui a donné *chiere*, puis « chère »).

Ménager la chèvre et le chou. « Ménager » doit ici s'entendre au sens de « conduire, diriger » (sa maison, par exemple). L'expression signifie ainsi se faire l'arbitre pour éviter que le plus fort (la chèvre) ne dévore le plus faible (le chou).

Faire chou blanc. L'expression n'aurait rien à voir avec la plante bien connue, mais elle viendrait du jeu de quilles. Faire « coup blanc » (« chou blanc » en berrichon), c'est n'avoir renversé aucune quille.

Vivre aux crochets de quelqu'un. Autrement dit lui faire « porter le fardeau », se décharger sur lui de tout souci matériel. Le crochet désigne une sorte de hotte qui servait jadis aux portefaix.

Tenir la dragée haute. Ce ne serait pas ici la fameuse dragée des baptêmes, mais la « dragée de cheval » (*dragie*, au XIIIe siècle), c'est-à-dire du fourrage de bonne qualité destiné aux chevaux, et qu'on leur donnait avec parcimonie, « en hauteur ».

Tirer son épingle du jeu. Il s'agit bien en effet d'un jeu d'épingles, pratiqué par les jeunes filles au XVe siècle. Au moyen d'une balle, chacune devait retirer l'épingle qu'elle avait mise parmi d'autres dans un cercle au pied d'un mur.

Être sans feu ni lieu. L'expression se comprend aisément avec le sens ancien de *feu*, le foyer, la maison, et de *lieu*, la famille. Un être sans feu ni lieu est donc un vagabond, sans famille et sans domicile.

Devoir une fière chandelle. On remercie Dieu et la personne qui nous a rendu service, en faisant brûler une « fière » (c'est-à-dire grande) chandelle…

Le gîte et le couvert. Ici, le « couvert », c'est le toit (ce qui couvre) et non la table.

Un haricot de mouton. Ce n'est pas du mouton aux haricots (verts ou blancs !) mais un « harigot » (de « harigoter » : couper en tranches).

Tenir le haut du pavé. On sait qu'autrefois les pavés des rues formaient une sorte de rigole en leur centre afin de laisser s'écouler l'eau. Être « en haut du pavé », pour rester au sec, était le privilège des personnages importants.

Faire long feu. L'expression date de l'époque où les armes à feu se chargeaient par la gueule. Le « long feu » se produisait quand la mèche brûlait mal et trop longtemps pour envoyer correctement le projectile. L'expression a donc d'abord signifié « échouer », et par dérivation « durer longtemps ». Mais dire : « Son projet n'a pas fait long feu » pour signifier qu'il a raté est en finale un contresens.

Tirer les marrons du feu. Avoir des difficultés à faire quelque chose (en se brûlant) ; et non : en profiter.

Payer en monnaie de singe. L'expression remonte au Moyen Âge, quand les piétons devaient payer un droit de passage sur le Petit-Pont, à Paris. En étaient exempts les amuseurs, en particulier les montreurs de singe qui faisaient faire quelque tour à leur animal.

Être né coiffé. Depuis l'Antiquité romaine, on dit que les enfants qui naissent avec une « coiffe », c'est-à-dire une partie de la membrane fœtale sur le crâne, auront de la chance et de la réussite.

Un jour ouvrable : où l'on peut « ouvrer » (travailler), « où il est permis de travailler, d'ouvrir les boutiques », nous dit Furetière.

Péril en la demeure. Il n'y a pas, ici, nécessairement danger dans la maison ! mais simplement à rester au même endroit, à *demeurer* sans rien faire.

Être mis à pied. Citons encore Furetière, lequel nous apprend « qu'on a mis quelqu'un à pied quand on lui a fait vendre son équipage ». Autrement dit, il a dû descendre de cheval, c'est-à-dire quitter son rang.

Se mettre à poil. « On monte un cheval à poil, écrit Furetière, quand on le monte sans selle, et le dos nu. » C'est un synonyme de « à cru », qui voulait dire aussi à peau nue : « Leurs transparents seraient plus beaux si elles voulaient les mettre à cru. » À *poil* signifiait aussi « brave, courageux » ; sens perceptible avec les « poilus » de la Première Guerre.

Reprendre du poil de la bête. L'expression provient d'une ancienne coutume des Romains, suivant laquelle « il fallait poser sur la plaie un poil du chien qui vous avait mordu », précise Claude Duneton, qui ajoute : c'est le « remède bien connu qui consiste à avaler un verre d'alcool le lendemain d'une cuite pour chasser la gueule de bois ».

Avoir (ou mettre) la puce à l'oreille. Cette expression, qui signifie aujourd'hui « prévenir par une confidence », avait autrefois un sens beaucoup plus fort : avoir des démangeaisons amoureuses, « quelque passion amoureuse qui l'empêche de dormir » (selon Furetière). Ainsi chez La Fontaine : « Fille qui pense à son amant absent / Toute la nuit, dit-on, a la puce à l'oreille. »

Sabler (ou sabrer) le champagne. « Sabler », c'est avaler son verre d'un coup. Suivant Littré, les buveurs d'autrefois versaient un peu de sucre fin dans leur flûte pour faire mousser un peu plus le champagne. Quant à « sabrer », ce serait couper net d'un coup de sabre le bout du goulot…

Mettre (ou être) sur la sellette. Jusqu'à la Révolution, la *sellette* était un petit tabouret sur lequel s'installait un accusé pour être interrogé.

Passer à tabac. Au XVIIe siècle, *donner du tabac* signifie « se battre », c'est-à-dire passer la main sous le nez de l'autre, comme pour le faire priser une dose de tabac. L'expression a sans doute été ensuite contaminée par le verbe occitan *tabassar*, « frapper à coups redoublés ».

Trier sur le volet. L'expression date de l'époque (du Moyen Âge au XVIe siècle) où le mot « volet » était un tissu, puis un tamis ou une planche sur laquelle on triait des légumes.

Plus étonnantes encore sont les expressions dont l'origine reste incertaine. Claude Duneton termine son livre en essayant de démêler le sens de ***découvrir le pot aux roses*** et ***tirer le diable par la queue***…

Un amateur érudit résoudra-t-il un jour l'énigme ?

Poubelle et Béchamel

Certains noms communs sont si courants qu'on en oublie leur origine, parfois récente ; comme ces objets quotidiens qui semblent exister depuis les temps les plus lointains. Ainsi de la **poubelle**, imaginée au XIXe siècle par un préfet de Paris qui portait ce nom. D'autres inventions (la tristement célèbre **guillotine**, du docteur... Guillotin) ont été reléguées, heureusement, au magasin des accessoires.

Nous n'avons retenu ici que les noms d'origine française. Aucun chauvinisme ne nous a guidé ! mais simplement le souci de rendre hommage à quelques compatriotes.

André Marie AMPÈRE, physicien, XIXe s. : l'*ampère*, unité d'intensité électrique.

François BARRÊME, mathématicien, XVIIe s. : le *barème*.

Louis de BÉCHAMEL (orthographié aussi **BECHAMEIL**), financier, XVIIe s. : la sauce *béchamel*.

François BELOT : il perfectionne les règles de la *belote*, née en Hollande au début du XXe siècle.

Louis Antoine de Bougainville, explorateur, XVIIIe s. : la *bougainvillée* ou le *bougainvillier*.

Louis Braille, professeur, XIXe s. : le système du *braille*.

Nicolas Chauvin, militaire, XIXe s. : le *chauvinisme* – car Chauvin, sous l'Empire, était le type même du soldat patriotique à l'excès.

Charles Augustin de Coulomb, physicien, XVIIIe s. : le *coulomb*, unité de quantité électrique.

Pierre et Marie Curie, physiciens, XIX-XXe s. : le *curie*, unité d'activité ionisante.

Guillaume, imprimeur, XVIIe s. : on lui doit les indispensables *guillemets*.

Joseph Guillotin, médecin, XVIIIe s. : la *guillotine* (considérée, rappelons-le, comme un progrès à cette époque).

François Mansard, architecte, XVIIe s. : les *mansardes*.

Guillaume Massicot, XIXe s. : le *massicot*.

Étienne et Joseph Montgolfier, industriels, XVIIIe s. : la *montgolfière*.

Jean Nicot, ambassadeur, XVIe s. : la *nicotine*. Il introduisit en France le tabac, d'abord appelé « l'herbe à Nicot ».

Antoine Parmentier, agronome, XVIIIe s. : le hachis Parmentier, créé après sa mort, à l'époque où les pommes de terre étaient appelées des *parmentières*.

Blaise PASCAL, XVIIe s., écrivain et savant : le *pascal*, unité de mesure de pression.

Louis PASTEUR, savant, XIXe s. : la *pasteurisation*.

Eugène René POUBELLE, préfet, XIXe s. : les *poubelles*, à Paris.

César de PLESSIS-PRASLIN, militaire, XVIIe s. : les *pralines* (mises au point par son cuisinier).

RUSTIN, industriel, XXe s. : la *rustine*.

Étienne de SILHOUETTE, contrôleur général des finances, XVIIIe s. : la *silhouette*, à partir des nombreuses caricatures (de profil) provoquées par son impopularité.

Alfred Marie VELPEAU, chirurgien, XIXe s. : sa fameuse *bande*, que chacun de nous a utilisée un jour.

Rabadiaux, rabassaires et rabouquins

Mots anciens, mots de l'étranger, mots techniques… Notre langue foisonne de pépites étranges, belles et rares, qui nous sont offertes dans les mines à ciel ouvert que sont les vieux dictionnaires.

Puisqu'il s'agit de mots rares, arrêtons-nous justement à la lettre R, dans le *Nouveau Larousse illustré* (publié en huit volumes, à la fin du XIXe siècle). Le lecteur pourra lui-même continuer cette cueillette dans les 10 000 pages de ce très riche ouvrage…

RABÂH (ou REBAH) n.m.

Instrument de musique.

RABACHE n.f.

Caleçon enveloppant les cuisses et les jambes et qui servait de grègues aux hommes de pied.

RABADIAUX n.m. pl.

En Flandres, pinsons auxquels on a crevé les yeux, pour en faire d'infatigables chanteurs.

RABAILLET n.m.

Nom vulgaire de la crécerelle, dite aussi émouchet.

RABANE n.f.

Nom vulgaire de la moutarde sauvage, dans l'Ouest de la France ; tissu formé de fibres végétales.

RABASSAIRE (ou *rabassier*) n.m.

Dans le Midi, homme qui cherche les truffes.

RABAT-L'EAU n.m.

Morceau de cuir ou de chiffon posé contre une meule pour empêcher l'eau de gicler.

RABAT-JOUR n.m.

Crépuscule, soirée.

RABATTOIR n.m.

Outil servant à détacher les ardoises du bloc.

RABDOÏDE adj.

Qui a la forme d'une baguette.

RABDOLOGIE n.f.

Sorte d'arithmétique consistant à faire des calculs avec des petites baguettes.

RABDOMANCIE n.f.

Divination à l'aide de baguettes.

RABES (ou *raves*) n.f.pl.

Œufs de morue salés et mis en barrique.

RABIOLE (*rabiolle*, ou *rabioule*) n.f.

Un des noms du chou-rave.

RÂBLOT n.m.

Petit râble, sans crochet au bout, servant à tisonner le feu.

RÂBLURE n.f.

Rainure triangulaire pratiquée dans la quille des navires en bois.

RABOTIN n.m.

Outil utilisé par les maçons et les tailleurs de pierre pour raboter les façades.

RABOTURE n.f.

Copeau enlevé par le rabot.

RABOUILLER v.

Troubler l'eau avec un rabouilloir (branche d'arbre) pour prendre plus facilement les poissons.

RABOUQUIN n.m.

Sorte de guitare à trois cordes des Hottentots.

Terminons donc avec les mots commençant par RAB... Car une telle liste donne à tout le moins le vertige.

Quoi, il y a tant de mots de *notre* langue que nous ne connaissons pas ?

Sale mec, mec sale !

L'ordre des mots dans la phrase a une importance toute particulière en français : *François bat Pierre* n'a pas le même sens que *Pierre bat François* !

Au contraire, en latin, le système des cas (nominatif pour le sujet de l'action, accusatif pour l'objet) rendait peu importante cette disposition.

Dans notre langue, quelques adjectifs possèdent cette particularité de présenter un sens bien différent selon qu'ils sont placés *avant* ou *après* le mot qu'ils qualifient.

J'aime cet **ami ancien** (de longue date), et je regrette cet **ancien ami** (que je ne vois plus).

Mieux vaut être un **homme brave** (courageux) qu'un **brave homme** (doux, jusqu'à la niaiserie) ! Et c'est pire encore lorsqu'on dit : « Il est bien brave » !

Dans une **certaine presse**, on lit plus souvent **certaines nouvelles** que des **nouvelles certaines**.

Il est préférable d'avoir un **enfant curieux** qu'un **curieux enfant** !

Un *fou rire* est sans doute moins inquiétant qu'un *rire fou*.

Tous les *grands hommes* ne furent pas des *hommes grands*.

Une *grosse femme* n'est pas toujours une *femme grosse* !

Une *fille honnête* est-elle plus aimable qu'une *honnête fille* ?

Ma *nouvelle voiture* n'est pas une *voiture nouvelle* (un modèle qui vient de sortir).

Être un *pauvre homme* (de peu de mérite) n'est guère plus enviable qu'être un *homme pauvre* (désargenté).

Un *sacré texte* n'a pas grand-chose à voir avec un *texte sacré*.

Enfin, un *sale mec* n'est pas toujours un *mec sale* !

Le savetier et le « phynancier »

Il y a encore des cordonniers (même s'ils se font rares), mais plus de savetiers ; enfin, le métier existe encore, mais sous un autre nom.

Jadis, le cordonnier était celui qui fabriquait et vendait des chaussures, et le savetier celui qui les réparait ; donc, notre actuel cordonnier. En outre, savetier désignait le « mauvais ouvrier en quelque genre que ce soit » (dans le *Nouveau Larousse illustré*, fin du XIXe s.). Cette valeur péjorative explique peut-être la disparition de ce mot.

Quant aux « phynanciers » (que le Père Ubu voulait faire passer « à la trappe ! »), ils pullulent, occupant le devant de la scène de la façon la plus arrogante qui soit. Mais n'insistons pas… L'antienne est quotidienne.

Notre ancienne France rurale et artisanale était peuplée de métiers qui ont peu à peu sombré, pour ne laisser que des traces dans des granges, des greniers et des écomusées.

Pourrait-on rencontrer aujourd'hui : un ***abuettier*** (chasseur d'alouettes, dans le Gâtinais), une ***atourneresse*** (marchande de coiffes), un ***banier*** (crieur public, qui proclame les bans), un **boiseur** (qui boise les galeries de mines), un **cassier** (ouvrier typographe), un **escloupier** (sabotier), un **escudier** (fabricant de boucliers), un **haubergier** (fabricant de cottes de mailles)…

Peu probable ! Sauf dans quelques fêtes des vieux métiers.

Sans verser dans une excessive nostalgie, regrettons que certains de ces mots, et de ces métiers, nous aient quittés. Ils figurent en effet des relations au monde, aux autres, au temps et aux objets sans doute plus affectueuses et plus attentionnées que les nôtres, dans une époque où tout est fait pour *passer*, le plus vite possible, dans l'indifférence…

On imagine sans difficulté le métier exercé par l'abeilleur, le barbier, le boutonnier, le chanvrier, l'épinglier, le farinier, le gypsier, le lanternier, le parcheminier, le salpétrier, le talonnier…

Mais quel était celui pratiqué par… ?

        l'*affienteur* ou *fienseur*
        l'*aimetier*
        l'*anilier*
        l'*arteficier*
        le *bénatier*
        le *bouissier*
        le *chableur*
        le *chassissier*
        le *conduchier*
        le *déicier*

le *démascleur*
le *dominotier*
l'*égandilleur*
l'*embouteilleur*
le *fourmilleur*
le *joutier*
le *massacrier*
le *nombrier*
l'*oublieur*
le *physicien*
le *ramardeur*
le *romanier*
le *saintier*
le *valadier*
enfin, hélas, le *luiselier*

Réponses pages 174 et 175.

On se plaira enfin aux noms de métiers qui ont plus ou moins fortement changé de sens : le **baladeur** et le **brocanteur** (colporteur), le **baigneur** (employé d'un établissement de bains), le **barbier** (à la fois barbier et… chirurgien !), le **brasseur** (manœuvre, ouvrier travaillant de ses bras), le **camelot** (ouvrier tissant des étoffes en poils de chèvre), le **carreleur** (savetier ambulant), le **cendrier** (marchand de cendres), le **chausseur** (paveur de chaussées), le **chineur** (colporteur, en Vendée), le **coquetier** (marchand de beurre, œufs et fromages), la **coucheuse** (dentellière), le **laitier** (fabricant de lattes en bois), la **matrone** (sage-femme), le **poulailler** (marchand de volailles), le

promoteur (ecclésiastique tenant le rôle du ministère public dans une juridiction de l'Église), le ***riverain*** (batelier), le ***sommelier*** (gardien de bêtes de somme, en Provence), le ***trafiquant*** (colporteur), le ***voiturier*** (transporteur)…

Singulier sanglier

Un seul mot latin a parfois donné naissance à deux mots français différents. Pour nombre d'entre eux, on devine aisément leur parenté : *carbone* et *charbon*, *castel* et *château*, *gemeau* et *jumeau*, *centime* et *centième*, *plier* et *ployer*...

D'autres doublets encore ont une origine assez claire ; ainsi des suivants, parmi bien d'autres :

acer : âcre, aigre
asperitas : aspérité, âpreté
auscultare : ausculter, écouter
campus : camp, champ
capsa : caisse, châsse
captivum : captif, chétif
collecta : collecte, cueillette
collum : col, cou
confidentia : confidence, confiance
fragilem : fragile, frêle
frictionem : friction, frisson
legalis : légal, loyal
prehensio : préhension, prison
sacramentum : sacrement, serment
suspicio : suspicion, soupçon

vitrum : vitre, verre
votum : vote, vœu

Mais beaucoup d'autres forment des couples insolites. Ainsi, au sens littéral, le « sanglier » est un animal « singulier » (de *singularis*, qui vit seul) ; « penser » (de *pensare*), c'est, espérons-le, savoir « peser » ses mots… Quant à une femme « froide » (dans son allure), rien ne nous dit cependant qu'elle soit « frigide » !

Alors, pour terminer, proposons ce petit jeu : quels sont les mots français issus des termes latins suivants ?

amygdala
articulum
cadentiam
campania
capitalem
cholera
clavicula
computare
crispare
exquadra
homo
hospitalis
ligamen
musculum
nativus
pedestrem
potionem
redemptio
respectum

scala
spathula
species
strictum
tabula...

Réponses pages 175 et 176.

Ton ami est-il interne ou interné ?

Parmi les idées reçues concernant l'orthographe, il en est une, très tenace, à propos des accents sur les E majuscules. Ainsi, combien de fois avons-nous entendu ce refrain : « Les majuscules ne prennent pas d'accent. »

Une confusion aggravée par la difficulté, avec nombre de traitements de texte, de mettre ces fameux accents ; et par la paresse, aussi, de bien des individus dont le métier est pourtant d'écrire…

Car ce n'est pas la même chose de dire : J'AI UN AMI INTERNE, que J'AI UN AMI INTERNÉ ! L'ami en question ne se trouve pas du même côté de la barrière.

Et encore :

UN DÉPUTÉ ASSASSINÉ !
Ce sera peut-être un titre qui fera suite à :
UN DÉPUTÉ ASSASSINE !

NOTRE PAYS ATTAQUE !
diront les uns, quand les autres rétorqueront :
NOTRE PAYS ATTAQUÉ !

Ils pensaient assister à une conférence au PALAIS DES CONGRÈS. En fait, ils entrèrent dans un aquarium géant : le PALAIS DES CONGRES !

On dira plus facilement aujourd'hui :
LES CURES : ATTENTION, DANGER !
que :
LES CURÉS : ATTENTION, DANGER !

MESURES POUR LES SANS-PAPIERS : LE PRÉSIDENT ÉTONNE. Des mesures sans doute bien différentes, si on lit : LE PRÉSIDENT ÉTONNÉ.

Les LIVRES ILLUSTRÉS ne sont pas toujours ILLUSTRES.

Tous furent INDIGNÉS par le comportement de ces parents INDIGNES.

Une œuvre de pure RÉCRÉATION n'est pas nécessairement un travail de RECRÉATION.

Les RETRAITES sont en hausse ? On peut en douter, si les RETRAITÉS sont en augmentation.

ZIDANE ARRÊTE – ZIDANE ARRÊTÉ !

Le travail, les travails

Il y a de nombreux pluriels bizarres dans notre langue.

Rappelons d'abord ces trois mots « hermaphrodites » : masculins au singulier, ils deviennent féminins au pluriel : **amours**, **délices** et **orgues**. Après les délices merveilleuses des grandes orgues du mariage, vient parfois le temps des amours défaites.

Observons ensuite que certains mots n'existent qu'au pluriel : *abats, abois, affres, agrès, agrumes, aguets, alentours, appas, archives, arrhes, beaux-arts, broussailles, catacombes, condoléances, décombres, entrailles, fiançailles, floralies, funérailles, gravats, immondices, mœurs, obsèques, oreillons, ossements, pleurs, pourparlers, prémices, représailles, rillettes, sévices, ténèbres, vêpres, victuailles, vivres*…

Tandis que d'autres, au contraire, n'ont pas de pluriel : *bercail, berne, déclin, désarroi, encombre, muguet*…

Mais les plus curieux sont les mots qui possèdent deux pluriels, correspondant parfois à des sens différents :

De l'ail : des **ails** ou des **aulx** (vieilli).

Un aïeul : des **aïeux** (au sens d'ancêtres), des **aïeuls** (quand le mot désigne les grands-pères).

Banal : **banals** (au sens d'ordinaire), **banaux** (qui appartient au ban, le territoire d'un suzerain : des moulins *banaux*).

Ciel : les **cieux** (pour désigner l'ensemble de la voûte céleste, et bien sûr dans un sens religieux : « Notre Père qui êtes aux cieux… »), les **ciels** (pour évoquer une partie de la voûte céleste : les *ciels* de l'Italie, ou les *ciels-de-lit*…).

L'œil : des **yeux**, mais des **œils-de-bœuf**. Et notons que bœuf, comme œuf (« euf »), se prononce « beu » quand il y en a plusieurs.

Nasal : **nasaux**, mais naval : **navals**.

Enfin, le plus surprenant : le travail, qui fait bien sûr **travaux**, mais aussi **travails**, quand on parle d'un appareil à ferrer les chevaux. Ce mot est d'origine latine ; pour les anciens Romains, en effet, « travailler », c'était torturer avec le *tripalium* !

Vous m'encendrez et m'encapucinez le cœur

Ces deux verbes sont hors d'usage ; on ne les rencontre dans aucun dictionnaire actuel. *Encendrer*, qui vient bien sûr de cendre, signifie « brûler », et *encapuciner* est un synonyme d'« encapuchonner ». L'expression qui fournit le titre de cette rubrique a pour sens : « Vous me témoignez une grande affection », ou, de manière plus brutale, me semble-t-il : « Vous me rendez folle de vous »…

Je suis de ceux qui n'apprécient guère Molière, dans sa critique, certes ambiguë, des précieuses, qualifiées par lui de « ridicules ». Et, à la suite du dramaturge, on s'est souvent moqué de leur pratique souvent alambiquée du langage ; ainsi quand elles parlaient des *commodités de la conversation*, pour désigner les fauteuils, du *conseiller des grâces*, le miroir, des *écluses du cerveau*, le nez ! Mais, loin de l'image négative que Molière nous en a donnée, les précieuses, outre le jeu des métaphores qu'elles affectionnaient, nous ont laissé des mots et des expressions qui sont devenus d'un usage courant : *s'encanailler, le mot me manque, il pousse les gens à bout, bravoure, s'enthousiasmer, les bras m'en tombent, pommade,* du dernier *(« être du dernier chic »),* faire des avances, il est brouillé avec untel, jouer à coup sûr*...*

Ô combien occupé de « la chose langagière », le psychanalyste Jacques Lacan ne s'y était pas trompé. Lors d'un séminaire, en 1955, il dit tout son attrait pour les précieuses : « Le mouvement dit des précieuses est un élément au moins aussi important pour l'histoire de la langue, des pensées, des mœurs, que notre cher surréalisme dont chacun sait que ça n'est pas rien, et qu'assurément nous n'aurions pas le même type d'affiches s'il ne s'était pas produit vers 1920 un mouvement de gens qui manipulaient d'une façon curieuse les symboles et les signes. Le mouvement des précieuses est beaucoup plus important du point de vue de la langue qu'on ne le pense. »

Et ce même jour il évoquait Le Grand Dictionnaire des précieuses ou la Clé de la langue des ruelles, publié en 1660 par Antoine Baudeau, sieur de Somaize, un écrivain né en 1630, dont on ne connaît pas grand-chose mis à part ses œuvres. (À cette époque, la *ruelle* n'était pas une petite rue mal fréquentée, mais l'espace servant à la conversation, chez les précieuses, entre un lit et un mur.)

Sans aller consulter ce dictionnaire (disponible aujourd'hui *via* Internet), saurez-vous découvrir le sens des expressions et des mots suivants ?

Subir le contrecoup des plaisirs légitimes.
La mémoire de l'avenir (belle antithèse).
Le cher nécessaire.
Les pères de la fortune et des inclinations.
Ces femmes vous servent de mouches.
Prenez figure, monsieur, s'il vous plaît.
Le cimetière des vivants et des morts.
Les choses que vous dites sont du dernier bourgeois.
Le sublime.
Vous avez des lumières éloignées.
Le rusé inférieur.
Avoir du fier contre quelqu'un.
Nous allons prendre les nécessités méridionales.
Un bain intérieur.
Cette femme a des absences de raison.
La porte du jour.
L'agrément des sociétés.
Vous êtes tout à fait bien sous les armes.
La modeste, la friponne, la secrète.
Les trônes de la pudeur.
L'indiscrète.
L'immortel.
La mère des soupçons.
L'interprète de l'âme ou la friponne.
Donner dans l'amour permis.
Le muable.
La toute-puissante.
Les chers souffrants.
La déesse des ombres.
Le soutien de la vie.
Le subtil.
Les agréables menteurs.

L'ennemie de la santé.
Les miroirs de l'âme.
L'universelle commodité.

Réponses pages 176 à 178.

Solutions

ABLASIGUÉ, IL BARJIQUE EN BOUZIGUANT

acantouner : se mettre à l'aise
les badiboffis : parties génitales de l'homme
avoir les boufigues : être inquiet, énervé
une bramarelle : petite fille qui pleure pour un rien
la bricancoulle : petite chose sans valeur
des cacalas : grands éclats de rire
cascailler : parler bruyamment en même temps
distinbourle : faible d'esprit

ABRACADABRA

bikini, infinitif, iritis (inflammation de l'iris)
Mississippi, primitif, rikiki, simili
monobloc, Ostrogoth, rococo
turlututu, urubu (petit vautour d'Amérique)

L'AIGLE TROMPETTE, TIRELIRE L'ALOUETTE

le butor *butit*
le chacal *jappe*
le chevreuil *rote*
le cygne *siffle* ou *trompette*

la corneille *craille* ou *babille*
le faisan *criaille*
la gélinotte *glousse*
la huppe *pupule*
le loup *hurle*
le milan *huit*
la perdrix *cacabe*
le pinson *ramage*
le rhinocéros *barète*
la souris *chicote*

ALAISE, ALÈSE, ALÈZE

aérolithe, engrois, aune, bequet, bézef,
bissexuel, bizuth, blaze, boumerang, kabbale,
caduque, cannisse, carbonnade, cargatide, ceps,
chaconne, corde, chausse-trape, cirrhe, crabot,
clef, kleptomane, cliquètement, kola, coquart,
corniot, cuiller, tsar (tzar), draine, emmenthal,
épissoire, eschare (esquarre), heuristique,
fellagha, feddayin, fiord, flashe, phlegmon,
granite, gratteron, grizzly, homuncule, horsin,
ululer, labrit, laïque, lauze, lisse, lumbago, maffia,
malström, mariolle, marolles, moresque, miroton,
nénuphar, orang-outang, ukase, ouste, paye,
paraphe, pivert, plastiquage, pudding, rais,
rencard, redent, rigodon, ruffian, samuraï, soûl,
sizain, soya, tannin, ténia, tôlard, tek,
téléphérique, théorbe, terri, trimballer, tripoux,
truquage, tzigane, tuffeau, vignot, vipériau,
valkyrie, yak, yoghourt (yogourt).

BONDARD, BONDON, BOUGON

Ce sont tous des noms de fromages !

LE CUMIXAPHILE BÉLONÉPHOBE

Avrilopiscicophile : les poissons d'avril.
Buticolamicrophile : les mignonnettes de boissons.
Canivettiste : les images pieuses.
Chartapotophile : les papiers-buvards publicitaires.
Entiériste : les enveloppes à timbres oblitérés.
Glandophile : les balles de fronde.
Hémérophile : les calendriers.
Lécythiophile ou *lécythomyrophile* : les petits flacons de parfum.
Libellocénophile : les menus.
Maximophile ou *analogophile* : les cartes postales représentant le sujet du timbre.
Microtyrosémiophile : les étiquettes de portions de fromage.
Molafabophile : les moulins à café.
Notaphile : les factures.
Phalériste : les decorations.
Pressophile : les fers à repasser.
Raptomécanophile : les machines à coudre. (On rejoint Lautréamont, et « La rencontre fortuite sur une table de dissection d'une machine à coudre et d'un parapluie » !)
Tabulaphile : les affiches.
Tesseravéhiculophile : les tickets de transport en commun.
Vexillophiliste : les drapeaux.
Vitolphiliste : les bagues de cigares…

et…

l'acrophobie : la peur des sommets.
l'amaxophobie : celle des voitures.
l'aupniaphobie : celle des insomnies.
l'autodysosmophobie : celle de répandre des mauvaises odeurs.
la bitrochosophobie : celle des bicyclettes.
la cheimophobie : celle des orages.
la clinophobie ou *kénophobie* : la peur du vide.
la créatophobie : celle de la viande.
l'élaïnophobie : celle de l'huile.
l'éreuthophobie ou *érythrophobie* : celle de rougir en public.
la lachanophobie : celle des légumes.
la machirophobie : celle des armes blanches.
l'oïchophobie : celle des maisons.
l'orophobie : celle de la montagne.
la potamophobie : celle des rivières.
la sidérodromophobie : celle des voyages en chemin de fer.
la triskaïdekaphobie : celle d'être 13 à table.
la villophobie : la peur de ce qui est velu.

ELLE A TISSU UN JOLI PLAID

Les exemples suivants illustrent l'usage souvent unique de ces verbes.

Adirer : perdre, égarer (en langage juridique).
« Le dossier de ce prévenu est adiré. »

Apparoir : être évident, résulter. « Il appert de… »
Bienvenir : être le bienvenu. Seulement à l'infinitif, après « faire » : « Se faire bienvenir. »
Chaloir : être nécessaire, important. « Peu me chaut de le rencontrer. »
Choir : tomber. « Tire la chevillette, la bobinette cherra » (Perrault).
Conster : être certain, prouvé, dans le langage juridique.
Contondre : contusionner. « Un objet contondant. »
Courre : ancien infinitif de « courir » ; la chasse à courre. « Il laisse courre ses chiens. »
Déclore : retirer une clôture.
Dépourvoir : priver du nécessaire. « Être pris au dépourvu. »
Émoudre : aiguiser. (Ce n'est pas un verbe défectif, mais il en est proche par son usage très restreint.) « Il est sorti frais émoulu de son match. »
Enquerre : examiner, rechercher : terme d'héraldique. « Des armes à enquerre » : dont il faut chercher l'origine.
Ester : attaquer, intenter (en termes judiciaires). Employé seulement à l'infinitif et à l'indicatif. « Il va bientôt ester en justice. »
Férir : frapper. Dans l'expression « sans coup férir », et au participe passé : « être *féru* de… » : être passionné par…
Forfaire : agir contre ce qui est permis. Seulement à l'infinitif et au participe passé. « Ce juge a forfait à son honneur. »

Gésir : être couché, malade ou mort. Surtout employé sous les formes : « gisant » et « ci-gît ».
Issir : sortir, venir de. Seulement au participe passé : « Il est issu d'un milieu défavorisé. »
Messoir : ne pas convenir (contraire de « seoir »). « Cette veste te messied. »
Partir : répartir, partager. Dans l'expression : « Avoir maille à partir avec… »
Raire : tondre ; bramer. On dit aussi *réer* et *raller*.
Rentraire (ou *rentrayer*) : stopper (en termes de couture). Au présent : « Cette ouvrière rentrait bien. »
Semondre : inviter. « J'aimerais semondre quelques amis pour mon anniversaire. »
Souloir : avoir l'habitude. « Il soulait faire des jeux de mots. »
Transir : engourdir par le froid. Presque uniquement au participe passé : « Être transi. »

UNE FILLE MIÈVRE ET NARQUOISE

artifice : art, métier
atout : malheur, revers
compassé : justement arrangé
embonpoint : bonne santé du corps
énerver : ôter la force physique ou morale
falot : gai, plaisant
furieux : enthousiaste, exalté
hilarité : joie douce et calme
humoriste : d'humeur maussade
malice : méchanceté
médiocrité : modération, juste milieu

mièvre : qui a de la vivacité, malicieuse
murmure : brouhaha, tumulte
narquois : rusé, fourbe
rêverie : délire causé par la fièvre
truculent : farouche, rude

HANNETONS ET ASNIÉROIS

Cahors : *Cadurciens*
Castelnaudary : *Chauriens*
Chamonix : *Chamouniards*
Charleville-Mézières : *Carolomacériens*
Château-Thierry : *Castrothéodoriciens*
Corseul : *Curiosolites*
Créteil : *Cristoliens*
Crocq : *Croquants*
Eauze : *Élusates*
Épernon : *Sparnaciens*
Erquy : *Réginéens*
Étables-sur-Mer : *Tagarins*
Firminy : *Appelous*
Gagny : *Gabiniens*
Joué-l'Abbé : *Joyeux*
L'Aigle : *Aiglons*
La Loupe : *Loupiots*
Lèves : *Lévriers*
Lisieux : *Lexoviens*
Luchon : *Bagnérais*
Millau : *Millavois*
Montay : *Montagnards*
Montélimar : *Montiliens*
Neuilly-sur-Marne : *Nocéens*

Pamiers : *Appaméens*
Paray-le-Monial : *Paraudins*
Le Plessis-Robinson : *Hibous*
Poil : *Poilus*
Poilcourt : *Poilcourtois*
Pont-Bellanger : *Tous-loins*
Le Puy : *Ponots*
Le Quesnoy : *Quercitains*
Rodez : *Ruthérois*
Saint-Amand-les-Eaux : *Amandinois*
Saint-André-les-Vergers : *Driats*
Saint-Denis : *Dyonisiens*
Saint-Hippolyte-du-Fort : *Cigalois*
Saint-Laurent-Blangy : *Imercusiens*
Saint-Omer : *Audomarois*
Saint-Souplet : *Sulpiciens*
Saint-Yrieix-la-Perche : *Arédiens*
Tain-l'Hermitage : *Tinois*
Tartas : *Tarusates*
Uchizy : *Chizerots*
Ville-aux-Dames : *Gynépolitains*
Villedieu-les-Poêles : *Sourdins*
Villefranche-sur-Saône : *Caladois*

UN HÉPATITE, OUI ! UNE HÉPATITE, NON !

En *italiques* est présenté le sens au féminin.
Épigramme : *haut de côtelette d'agneau* ; petit poème satirique.
Escarpe : *talus de terre* ; assassin professionnel.
Espace : *terme typographique ou musical* ; intervalle, étendue.

Faune : *ensemble des animaux* ; divinité comme Pan.
Finale : *dernier morceau d'un opéra* ; dernière étape d'une rencontre sportive.
Foudre : *décharge électrique* ; grand tonneau.
Geste : *poème épique du Moyen Âge* ; mouvement.
Gîte : *inclinaison d'un bateau* ; abri, maison.
Givre : *serpent, en termes d'armoirie* ; couche de glace.
Greffe : *implantation, en horticulture et en chirurgie* ; bureau du greffier dans un tribunal.
Gueule(s) : *bouche* ; la couleur rouge, dans les blasons (le gueules).
Guide : *longe de cuir, en équitation* ; celui qui montre le chemin.
Hépatite : *maladie du foie* ; pierre précieuse.
Hymne : *chant religieux* ; chant, au sens profane.
Masque : *femme laide* ; déguisement.
Merci : *grâce, pitié (être à la merci de ; un combat sans merci)* ; remerciement.
Office : *pièce attenant à la cuisine* ; service, cérémonie.
Ombre : *zone sombre* ; poisson.
Période : *époque* ; le plus haut point où une chose peut arriver.
Réclame : *publicité* ; cri pour faire revenir un oiseau.
Solde : *rémunération* ; reliquat d'un compte, vente au rabais.

MONTINETTE, CIBALE ET BOUIRON

Ces animaux sont les petits de...

le *bécau* : la bécassine.
le *béjaune* : l'oiseau, en général.
le *billâtre* (quand il a deux ans), le *ragot* (jusqu'à trois), et le *quartan* (lorsqu'il en a quatre) : le sanglier.
le *brocard* (quand il a un an), le *paumier* (quand il en a cinq) : le cerf.
le *broutard* ou le *bourret* : le taureau.
le *grianneau* : le coq de bruyère.
le *halbran* ou le *moraton* : le canard sauvage.
la *lisette* : le maquereau.
le *man* ou la *mordette* : le hanneton.
le *nourrain* : le verrat.
le *poignard*, le *lanceron* ou le *sifflet* : le brochet, dont la femelle n'est pas la « brochette » ! La pauvre n'a pas de nom spécifique.
le *pouillard* : le faisan ou la perdrix, dont la femelle est la chanterelle.
le *tacon* ou *smolt*, ou *parr*, ou *samlet* : le saumon.
la *vacive* ou le *vassiveau* : le bélier.

NOUS N'AVONS FAIT QUE BAVARDINER

blêche : faible de caractère.
bobillonner : hésiter.
bredi-breda : avec précipitation.
se bronzer : s'endurcir. Chamfort : *Il faut que le cœur se brise ou se bronze.*
caliborgnon : qui voit mal.

chasse-cousin : mauvais vin.

crapoussin : personne petite et grosse.

emberlicoquer (*emberlucoquer*) : séduire par la ruse, tromper.

émerillonné : vif, éveillé.

s'encoiffer : s'enticher.

galimafrée : mets mal préparé, indigeste.

lantiponner : tenir des discours frivoles, inutiles et importuns.

lendore : personne lente et paresseuse, qui semble toujours assoupie.

malemort : mort tragique, cruelle.

marrisson : tristesse, chagrin.

postéromanie : désir d'avoir des enfants, des héritiers.

ribon-ribaine : coûte que coûte.

ribote : excès de table, et surtout de boisson ; état d'ivresse. « Faire ribote, être en ribote. »

riotte : querelle, dispute.

ripopée : mélange de différents vins, fait dans un restaurant, ou de choses disparates ; ouvrage constitué d'idées communes ou incohérentes.

rocambole : plaisanterie usée, objet sans valeur.

schibboleth : difficulté ou épreuve insurmontable ; langage et manière appartenant à un groupe exclusif. (Le philosophe Jacques Derrida avait fait de ce mot le titre d'un livre.)

turlutaine : manie, marotte.

zinzolin : couleur d'un violet rougeâtre.

OUTRE-ATLANTIQUE ET OUTRE-QUIÉVRAIN

Et que signifie encore, au Québec ?

la *brassière* : le soutien-gorge
le *cadran* : le réveille-matin
le *carrosse* : la voiture d'enfant
le *cartable* : le classeur
la *catin* : la poupée
la *charrue* : le chasse-neige
les *gosses* : les testicules
être en famille : être enceinte
le *postillon* : un facteur
la *tabagie* : un bureau de tabac...

Et outre-Quiévrain ?

sonner : téléphoner
le *bonbon* : un biscuit sec
le *calepin* : le cartable
le *drap* : la serviette de toilette
la *fricassée* : une omelette au lard
un *pâté* : un petit gâteau à la crème
une *bouteille* : un biberon
flûter : boire (flûter un verre)
une *poussette* : un Caddie
un *pistolet* : un petit pain rond...

LE SAVETIER ET LE « PHYNANCIER »

Métier pratiqué par :

l'*affienteur* ou *fienseur* : marchand de fumier
l'*aimetier* : fabricant d'hameçons

l'*anilier* : fabricant et marchand de béquilles
l'*arteficier* : architecte
le *bénatier* : fabricant de paniers en osier, les bénates
le *bouissier* : cordonnier
le *chableur* : qui surveille le halage des bateaux
le *chassissier* : celui pose du papier huilé à la place d'un carreau
le *conduchier* : hôtelier
le *déicier* : fabricant de dés à jouer
le *démascleur* : récolteur de liège
le *dominotier* : fabricant de papiers peints
l'*égandilleur* : contrôleur des poids et mesures
l'*embouteilleur* : artisan introduisant des objets miniatures dans des bouteilles
le *fourmilleur* : destructeur de nids de fourmis
le *joutier* : fabricant de jougs
le *massacrier* : boucher
le *nombrier* : comptable
l'*oublieur* : marchand d'oublies
le *physicien* : médecin
le *ramardeur* : réparateur de filets de pêche
le *romanier* : fabricant de balances romaines
le *saintier* : fondeur de cloches
le *valadier* : nettoyeur de fossés
enfin, hélas, le *luiselier* : fabricant de cercueils

SINGULIER SANGLIER

amygdala : amygdale, amande
articulum : article, orteil
cadentiam : cadence, chance

campania (plaine) : campagne, champagne
capitalem : capital, cheptel
cholera : choléra, colère
clavicula : clavicule, cheville
computare : compter, conter
crispare : crisper, crêper
exquadra : équerre, square
homo : homme, on
hospitalis : hôtel, hôpital
ligamen : lien, liane
musculum : muscle, moule (l'animal)
nativus : natif, naïf
pedestrem : pédestre, piètre, pitre
potionem : potion, poison
redemptio : rédemption, rançon
respectum : respect, répit
scala : échelle, escale
spathula : spatule, épaule
species : espèce, épice
strictum : strict, étroit
tabula : table, tôle

VOUS M'ENCENDREZ ET M'ENCAPUCINEZ LE CŒUR

Subir le contrecoup des plaisirs légitimes : accoucher.
La mémoire de l'avenir : l'almanach.
Le cher nécessaire : le boire.
Les pères de la fortune et des inclinations : les astres.
Ces femmes vous servent de mouches : ces femmes sont moins belles que vous.
Prenez figure, monsieur, s'il vous plaît : asseyez-vous.

Le cimetière des vivants et des morts : une librairie.
Les choses que vous dites sont du dernier bourgeois : les choses que vous dites sont fort communes.
Le sublime : le cerveau.
Vous avez des lumières éloignées : vous avez des connaissances, mais bien confuses.
Le rusé inférieur : les fesses, le cul.
Avoir du fier contre quelqu'un : être en colère contre quelqu'un.
Allons prendre les nécessités méridionales : allons dîner (ce qui correspondait à notre déjeuner).
Un bain intérieur : un verre d'eau.
Cette femme a des absences de raison : cette femme est jeune.
La porte du jour : la fenêtre.
L'agrément des sociétés : les femmes.
Vous êtes tout à fait bien sous les armes : vous êtes tout à fait bien habillée.
La modeste, la friponne, la secrète : la jupe de dessus, la seconde jupe, et celle de dessous.
Les trônes de la pudeur : les joues.
L'indiscrète : la joie.
L'immortel : le temps.
La mère des soupçons : la jalousie.
L'interprète de l'âme ou la friponne : la langue.
Donner dans l'amour permis : se marier.
Le muable : le ciel.
La toute-puissante : la mort.
Les chers souffrants : les pieds.
La déesse des ombres : la nuit.
Le soutien de la vie : le pain.

Le subtil : le poivre.
Les agréables menteurs : les romans.
L'ennemie de la santé : la tristesse.
Les miroirs de l'âme : les yeux.
L'universelle commodité : la table.

Bibliographie

BLOCH Oscar et WARTBURG Walther von, *Dictionnaire étymologique de la langue française*, PUF, 1975.

COUCOUGNOUS-CASSADE Andolfi, *Le Parler du Midi*, Lacour, 1992.

COURBERAND Maryse, *Épîtres & Pitreries*, bulletin mensuel du M. CABL (« Musée des curiosités et autres bizarreries du langage »), 18 numéros, de mars 1997 à juin 1998.

DUNETON Claude, *La Puce à l'oreille*, Balland, 1985.

FRÉMY Dominique et Michèle, *Quid 1996*, Robert Laffont, 1995.

FUCHS Catherine, *Les Ambiguïtés du français*, Ophrys, 1996.

GAGNIÈRE Claude, *Pour tout l'or des mots*, Laffont, 1997.

GARDÈRE Michel, « Alerte au cochonglier ! », *France-Soir*, 13 janvier 1999.

GUERNALEC Gaëlle, « Sacrés noms de noms ! », *France-Soir*, 9 avril 1999.

GRENIER Jean, *Les À-peu-près*, Ramsay, 1987.

GREVISSE, *Le Bon Usage*, Duculot, 1993.

GUIRAUD Pierre, *Dictionnaire érotique*, Payot, 1978.

HANSE Joseph, *Nouveau dictionnaire des difficultés du français moderne*, Duculot, 1983.

JOBLOT, *Petit vocabulaire du Midi*, Lacour (Nîmes), 1989.

JOUETTE André, *Dictionnaire d'orthographe et d'expression écrite*, Le Robert, 2002.

LACAN Jacques, *Le Séminaire, III : les psychoses*, Seuil, 1981.

Lexique des règles typographiques en usage à l'Imprimerie nationale, Imprimerie nationale, 1990.

LÉVIZAC Abbé de, *L'Art de parler et d'écrire correctement la langue françoise*, Paris, 1809.

MAJOR Serge-Jean, *Chausse-trap(p)es*, Maurice Nadeau, 1988.

Nouveau Larousse illustré (8 volumes), 1897-1904.

PABIOT Gérard, *Opinions sur rue*, La Table ronde, 1970.

RAYMOND, *Encyclopédie du scrabble*, France-Loisirs, 1991.

SOMAIZE, *Le Grand Dictionnaire des précieuses ou la Clef de la langue des ruelles*, 1660. (Consultable *via* Internet.)

THOMAS Adolphe V., *Dictionnaire des difficultés de la langue française*, Larousse, 1971.

WALTER Henriette, *Le Français dans tous ses états*, Laffont, 1988 ; *L'Aventure des langues en Occident*, Laffont, 1994.

YAGUELLO Marina, *Histoires de Lettres*, Seuil, 1990.

Table

Les charmes du français 13

Ablasigué, il barjique en bouziguant 15
Abracadabra 19
À force de baiser… 22
L'aigle trompette, tirelire l'alouette 27
À la queue leu leu 30
À Laval, elle l'avala 35
Alaise, alèse, alèze 37
Alerte au « cochonglier » ! 42
L'aspirine du Parisien 45
Un beau gars ! Une belle garce ! 47
La belle photo de Pierre 49
Boisson, poisson, poison 53
Bondard, bondon, bougon 55
La concupiscence du cénobite ! 57
Le cumixaphile bélonéphobe 59
Elle a tissu un joli plaid 62

Une fille mièvre et narquoise	66
La fracture du myocarde	68
Le français de François	73
Glaire et glu	77
Hannetons et Asniérois	79
Un hépatite, oui ! Une hépatite, non !	83
Il peint des pins sur des pains	86
J'aimerais que vous le sussiez	90
Je beline, tu biscottes, il bricole	92
Lacarry-Arhan-Charritte-de-Haut-Lacassagne !	96
Le lapin bouquine	100
Legay, Le Gay, Le Guay, Le Gai…	102
Machin, truc, chose	105
Madame Catin, Monsieur Salaud	108
Marchand d'ail	110
Mes étoiles au ciel avaient un doux frou-frou	115
Montinette, cibale et bouiron	117
Nos ancêtres les Romains	119
Nous n'avons fait que bavardiner	121
Ortografonétic	125
Outre-Atlantique et outre-Quiévrain	129
Péril en la demeure	132
Poubelle et Béchamel	139
Rabadiaux, rabassaires et rabouquins	142

Sale mec, mec sale !	146
Le savetier et le « phynancier »	148
Singulier sanglier	152
Ton ami est-il interne ou interné ?	155
Le travail, les travails	157
Vous m'encendrez et m'encapuchonnez le cœur	159
Solutions	163
Bibliographie	179

DU MÊME AUTEUR

AVEC ALAIN DUCHESNE

Petite Fabrique de littérature
Magnard, 1984

L'Obsolète
Dictionnaire des mots perdus
Larousse, 1988
repris sous le titre
Turlupinades et Tricoteries
Dictionnaire des mots obsolètes de la langue française
Larousse, 2004

Lettres en folie
Dictionnaire de jeux avec les mots
Magnard, 1989

La Surprise
Dictionnaire des sens cachés
Larousse, 1990
repris sous le titre
Saute, paillasse !
Les sens cachés des mots de la langue française
Larousse, 2004

Les Petits Papiers
Écrire des textes courts
Magnard, 1991

La Nuance
Larousse, 1994
repris sous le titre
Surpris ou étonné ?
Nuances et subtilités des mots de la langue française
Larousse, 2005

Le Jeu de l'oie de l'écrivain
Dans les coulisses de la création littéraire
Laffont, 1997

Qu'est-ce qu'un écrivain ?
Petits secrets de la création littéraire
Mots et Cie, 2002

AVEC LAURENT RAVAL

500 Jeux avec les mots
Larousse, 2004

EN SOLO

Dégustations littéraires
Le Temps qu'il fait, 1989

Histoire raisonnée de la fellation
Le Cercle, 1999

Dans quel état j'erre
Trésors de l'homophonie
Mots et Cie, 2001

Petite anthologie de la poésie érotique
Michalon, 2002

Intimités d'écrivains
De Jean-Jacques Rousseau à Guillaume Apollinaire
Libra Diffusio, 2007

Casse-toi, pauv'con !
Le vrai-faux journal de Nicolas
Alphée/Jean-Paul Bertrand, 2008

COMPOSITION : IGS-CP À L'ISLE-D'ESPAGNAC
IMPRESSION : BUSSIÈRE À SAINT-AMAND (CHER)
DÉPÔT LÉGAL : JUIN 2010. N° 102750 (58163)
IMPRIMÉ EN FRANCE

DANS LA MÊME COLLECTION

Mots d'amour secrets
100 lettres à décoder pour amants polissons
Jacques Perry-Salkow – Frédéric Schmitter

Inspirés par le célèbre billet de George Sand à Alfred de Musset, lettre innocente cachant une déclaration fort osée, les auteurs imaginent à leur tour des mots d'amour à double sens. Acrostiches, contrepèteries, homophonies et autres rébus habitent clandestinement les pages de ce livre, candides missives dont vous aurez à découvrir les secrets brûlants !

Points, n° P2309

Petit Abécédaire de culture générale
40 mots-clés passés au microscope
Albert Jacquard

Dans cette « mini-encyclopédie » vivante et alerte, le grand généticien Albert Jacquard définit et commente des concepts essentiels de culture générale : la vieillesse, la maternité, l'univers, la nation, la connaissance… Au travers de ces courtes chroniques, l'auteur nous invite à suivre le fil de sa libre pensée et partage les bases de son immense savoir et de sa réflexion profondément humaniste.

Points, n° P2330

Comment parler le belge et le comprendre (ce qui est moins simple)
Philippe Genion

Rire : verbe fondamental de la langue et de l'attitude belge (prononcez *bèlchhh*). Et ce ne sont pas les occasions de plaisanter (de soi et des autres) qui manquent en Belgique. Il y a Magritte, « peintre belge, grand amateur de pipes », des plats improbables comme le *poulycroc* (sorte de poulet reconstitué) et des expressions d'une truculence insoupçonnée. Français de France, savez-vous que *raclapoter* signifie « rafistoler » ? Qu'un enfant *cucuche* est tout simplement crasseux ? Et qu'à Bruxelles, on dit *non, peut-être* pour « oui, sûrement » ? Ne vous y trompez pas : n'est pas Belge qui veut !

Points, n° P2384

Le Sottisier de l'école
Philippe Mignaval

Connaissez-vous « Pétain le Bref » ? Saviez-vous que la bière était une fermentation de « houx blond » ? Et qu'un « kilo de mercure » pèse « pratiquement une tonne » ? Philippe Mignaval est allé recueillir les plus belles perles de nos écoliers : contresens, contre-vérités, mots d'esprit cocasses et calembours improbables… Il n'y a qu'une leçon à retenir : la vérité ne sort pas toujours de la bouche des enfants !

Points, n° P2385